**Jan Beinßen**, Jahrgang 1965, lebt in Franken und hat zahlreiche Kriminalromane veröffentlicht. Bei ars vivendi erschienen neben seinen Paul-Flemming-Krimis u. a. auch der historische Kriminalroman *Görings Plan* (2014) sowie die Kurzkrimibände *Die toten Augen von Nürnberg* (2014) und *Tod auf Fränkisch* (2017).

Jan Beinßen

# Die kopflose Braut

Paul Flemmings fünfzehnter Fall

Frankenkrimi

ars vivendi

Originalausgabe

Zweite Auflage Mai 2021
Erste Auflage August 2020
© 2020 by ars vivendi verlag
GmbH & Co. KG, Bauhof 1,
90556 Cadolzburg
Alle Rechte vorbehalten
www.arsvivendi.com

Umschlaggestaltung: FYFF, Nürnberg
Motivauswahl: ars vivendi
Coverfoto: © mauritius images / imageBROKER / BAO
Druck: CPI buchbücher.de GmbH, Birkach
Gedruckt auf holzfreiem Werkdruckpapier
der Papierfabrik Arctic Paper

Printed in Germany

ISBN 978-3-7472-0214-2

Die kopflose Braut

*Also aber rate ich euch, meine Freunde: mißtraut allen, in welchen der Trieb, zu strafen, mächtig ist!*

**Friedrich Nietzsche**

# 1

Weiß getünchte Wände, dunkle Holzdecke, großzügige, mit Rundbögen versehene Sprossenfenster und über allem die angenehm kühle Luft eines alten Gemäuers. Sämtliche Stühle waren besetzt, und die Blicke auf den großen Tisch an der Front des Saals gerichtet, auf dessen mahagoniroter Platte ein festlicher Kranz und eine Ledermappe mit goldenem Stadtwappen lagen.

Trotz der vielen Menschen herrschte im Trauzimmer der Kaiserburg andächtige Stille. Ein jeder wartete auf den Beginn der Zeremonie. Die einzigen Geräusche verursachte Paul Flemming, dessen Schritte in dem hohen Raum widerhallten, während er die geeignete Position für seine Fotos suchte. Dafür fing er sich einen nicht sehr freundlichen Blick der Standesbeamtin ein. Sie nahm gegenüber dem Brautpaar Platz, das Paul als Fotograf engagiert hatte. Um nicht aus dem Rahmen zu fallen, trug Paul – was selten vorkam – dem Anlass entsprechend einen dunklen Anzug, darunter ein frisch gebügeltes weißes Hemd und sogar eine Krawatte.

Nach dem nächsten mahnenden Blick der Standesbeamtin entschied er sich schließlich für einen Standort und ging leicht in die Hocke, um das Objektiv auf Augenhöhe mit den angehenden Eheleuten zu bringen. Ein wirklich hübsches Paar! Er schlank und rank mit vollem, dunklem Haar und markanten Gesichtszügen. Sie eine wahre Augenweide im schneeweißen, elegant geschnittenen Kleid, das platinblonde Haar hochgesteckt und mit Blümchen geschmückt, in den Händen der Brautstrauß.

Die Wolken gaben die Sonne frei und setzten glamouröse Spitzlichter auf das Gesicht der Braut. Ideal!, dachte Paul und betätigte den Auslöser. Dabei hätte es diesen Effekt gar nicht gebraucht: Ihre großen, ausdrucksvollen blauen Augen strahlten vor Freude, und ein zartes Lächeln umspielte ihre Lippen. Paul hoffte, dass dem Bräutigam klar war, was er an ihr hatte.

Ja, gewiss, denn er wirkte absolut verliebt und war wirklich herzlich und charmant, wie Paul schon bei der Auftragsvergabe festgestellt hatte. Was das Paar in seinen Augen noch sympathischer machte, war die erfreuliche Tatsache, dass die beiden seine Preisgestaltung ohne Wenn und Aber akzeptiert hatten, anstatt zu versuchen, ihn herunterzuhandeln, wie es die meisten Kunden taten.

Joana und Marc hießen die zwei. Wie Paul vom Vorgespräch wusste, lag ein Altersunterschied von fünf Jahren zwischen ihnen. Marc, der Ältere der beiden, hatte die Dreißig knapp überschritten. Beim Blick durch den Sucher seiner Kamera erinnerte sich Paul an seine eigene Eheschließung mit Katinka, die ähnlich gestrahlt hatte wie Joana. Auch der Rahmen hatte diesem entsprochen: Ihre standesamtliche Trauung hatte damals im Fischbacher Pellerschloss stattgefunden. Einige Nummern kleiner als die Kaiserburg, aber ebenso würdevoll erhaben und von höfischer Eleganz. Im Gegensatz zu heute hatte es bei Pauls Trauung allerdings den lieben langen Tag geregnet.

Die Standesbeamtin erhob das Wort. Durch die Kamera verfolgte Paul, wie die Braut nach der Hand des Bräutigams griff und sie fest drückte. Auch im Publikum rührte sich etwas. Aus den Augenwinkeln nahm Paul wahr, wie die ersten Taschentücher gezückt und Tränen der Rührung von den Wangen getupft wurden. Eine junge Frau in der ersten

Reihe kam mit dem Trocknen gar nicht nach, so ergreifend empfand sie diesen besonderen Moment.

Nach der Ansprache der Standesbeamtin und dem Verlesen der Heiratsurkunde folgte der Höhepunkt der Zeremonie, für den Paul doch noch einmal die Position änderte. So konnte er auch die Trauzeugen ins rechte Bild setzen, bei denen sich feuchte Filme über die Augen legten. Dann konzentrierte er sich wieder auf das Paar. Für die Übergabe des Rings ging er sogar noch ein Stück näher heran, um die Emotionalität besser einfangen zu können. Und das gelang ihm, denn die Porträts der überglücklichen Eheleute drückten tiefste Zufriedenheit aus. Das Lächeln der Braut war so hinreißend, dass Paul gleich dreimal den Auslöser betätigte. Ein letztes Mal tauschte er seinen Platz, um sich zwischen Standesbeamtin und Brautpaar zu platzieren, denn so konnte er den feierlichen Augenblick des Kusses aus nächster Nähe im Bild festhalten. Dieser fiel innig und hingebungsvoll aus, als sollte er ein Leben lang vorhalten.

Für den Sektempfang verlagerte sich die Gesellschaft auf den Burghof, wo Kellner eines Cateringservices bereits mit Tabletts bereitstanden und neben Perlwein auch schmackhaft aussehende Kanapees reichten. Der rötliche Sandstein der Burganlage bot einen besonders reizvollen Hintergrund. Auch das Wetter meinte es gut mit den Jungvermählten: Die Septembersonne heizte die Luft an diesem Vormittag noch einmal bis über die Zwanzig-Grad-Marke auf.

Paul machte weitere Aufnahmen, unter anderem von den Eltern und Schwiegereltern sowie Kindern aus der Verwandtschaft, die Luftballons in Herzform hielten, bevor er sich selbst ein Glas Sekt und zwei Häppchen gönnte. Eine willkommene Stärkung, denn die eigentliche Arbeit lag noch vor ihm: Während sich die Gäste auf den Weg zum

Mittagessen in einem Restaurant in der Altstadt aufmachen sollten, wollten Joana und Marc die einzigartige Kulisse der Kaiserburg nutzen, um sich von Paul für die Hochzeitsfotos in Szene setzen zu lassen. Dafür hatten sie sich die Burggärten ausgesucht, die zu dieser Jahreszeit noch in vollem Grün standen.

Für Paul waren die Gärten kein unbekanntes Terrain, weil er dort schon etliche Fotoshootings realisiert hatte. Wie er wusste, waren um 1540 an Nord- und Westseite der Burganlage Bastionen errichtet worden, auf denen später der Burggarten angelegt wurde. Auf der großen Bastion lockte ein Rosenquartier mit seiner Blütenpracht, umrahmt von einer schön gepflegten Baumzeile. Von dort aus führte ein Weg zum Südteil des Gartens, der von einem akkurat geschnittenen Baumrondell aus Feldahorn umspannt wurde. Außerdem gab es den Maria-Sibylla-Merian-Garten in unmittelbarer Nachbarschaft zum Heidenturm, der mit seiner Pflanzenvielfalt an die bedeutende Nürnberger Künstlerin und Naturforscherin erinnerte.

Welches Hintergrundmotiv es am Ende sein sollte, wollte die Braut spontan entscheiden. Nach einem weiteren ausgiebigen Kuss ließ Joana ihren Mann mit einer ausgelassenen Gesprächsrunde allein, fasste die Frau, die vorhin so hemmungslos geweint hatte, an der Hand und kam mit trippelnden Schritten auf Paul zu.

»Marie und ich gehen schon mal vor«, rief Joana ihm fröhlich zu. »Wir schauen, wo es am schönsten ist.«

»Augenblick«, sagte Paul und wollte das Sektglas abstellen. »Ich komme mit.«

»Nein, nein, trinken Sie in Ruhe aus. Meine Brautjungfer und ich wollen uns erst mal allein umsehen.« Schon hatte sie sich abgewandt. Fünf Meter weiter drehte sie sich noch einmal um: »Bringen Sie meinen Mann mit, wenn Sie nachkommen!«

»Geht klar!«, rief Paul ihr nach, nippte an seinem Glas und bediente sich noch einmal bei den Kellnern. Er ergatterte ein dünn geschnittenes Baguettescheibchen mit köstlichem Flusskrebsmousse und eines mit einer würzigen Kräuterkäsemischung. Während er aß, gesellte sich ein älteres Ehepaar zu ihm. Die beiden erkundigten sich, ob er Interesse hätte, auf ihrer Silberhochzeit zu fotografieren – es lief beruflich gerade wirklich gut für ihn.

Einen weiteren Sekt und drei Zusatzhäppchen später löste sich die Hochzeitsgesellschaft allmählich auf. Nachdem sich Bräutigam Marc aus einer Gruppe von Arbeitskollegen gelöst hatte, nahm Paul seine Kameratasche und ging auf ihn zu: »Dann wollen wir mal!«

Marc stimmte zu. Auf dem recht steil ansteigenden Weg über holpriges Kopfsteinpflaster spürte Paul die Wirkung des Alkohols bei sich selbst ebenso wie bei seinem Begleiter, der leicht torkelte.

Der Burggarten, in dem sich um diese Zeit außer ihnen niemand aufhielt, begrüßte sie mit dem Duft spätblühender Blumen und dem Konzert einiger Singvögel. Nachdem sie den Rosengarten menschenleer vorfanden, schlenderten sie weiter zur zweiten Bastion, wo sie Braut und Brautjungfer anzutreffen hofften. Doch auch dort waren weder Joana noch Marie zu sehen.

»Dann sind sie wohl gleich in den Merian-Garten gegangen«, vermutete Marc. »Joanas Lieblingsort.«

So wird es sein, dachte sich Paul und folgte ihm in den nächsten Gartenabschnitt.

Ihre Stimmung war noch immer arglos und entspannt. Paul spürte nicht die geringste Sorge. Auch die Gartenanlage wirkte absolut friedlich und strahlte eine erholsame Ruhe aus.

Paul ging vor, während Marc immer wieder stehen blieb, sich um die eigene Achse drehte und Joanas Namen rief. Kurz kam es Paul in den Sinn, dass Braut und Brautjungfer ihnen vielleicht einen Streich spielen wollten und sich irgendwo versteckt hatten. Wahrscheinlich würden die zwei jeden Augenblick hinter einem Busch hervorkommen und laut »Buh!« rufen. Zuzutrauen wäre es der lebenslustigen Joana, glaubte Paul und musste unwillkürlich lächeln. Kein Grund zur Sorge, dachte er und schritt gemütlich weiter.

Umso heftiger fiel die Wirkung des Anblicks aus, der sich ihm inmitten der bunten Parzellen bot.

»O mein Gott!«, entfuhr es Marc, der nach Pauls Arm griff und fest zudrückte.

Paul starrte auf den gekiesten Weg zu seinen Füßen und konnte kaum fassen, was er sah: Bäuchlings hingestreckt lag Brautjungfer Marie flach auf dem Boden. Regungslos und wie tot.

Nach dem ersten Schreck löste sich Marc von Paul und ging neben ihr in die Hocke. Er fasste nach ihrem Handgelenk, dann rüttelte er an ihr, bis sie Lebenszeichen zu erkennen gab und leise zu husten begann.

Paul dagegen ließ seine Blicke weitergleiten. Mit einem Mal hatte er ein ganz mieses Gefühl. Was war hier vorgefallen? Und wo steckte Joana?

Hinter einer Rabatte lugte ein weißer Zipfel Stoff hervor. Ohne zu zögern ging er darauf zu. Als er die Rabatte erreicht hatte, fand er Joana. Sie lag inmitten eines Beetes lilafarbener Astern. Das Kleid schien unversehrt, in den Händen hielt sie noch den Brautstrauß. Aber jedes Leben war aus ihrem Körper gewichen.

Paul trat entsetzt einen Schritt zurück und konnte kaum fassen, was er sah: Die Braut hatte keinen Kopf mehr. Dort, wo ihr Hals endete, hatte sich eine tiefrote Lache gebildet.

# 2

Diesmal fiel es Paul alles andere als leicht, wieder auf »Normalbetrieb« umzuschalten. Auch für ihn, der sich selbst als ziemlich hartgesotten bezeichnet hätte, war ein enthaupteter Leichnam ein verstörender Anblick. Zumal in einer solchen Umgebung und im Zusammenhang mit einem freudigen Ereignis wie einer Hochzeit. Ihm war hundeelend.

Trotzdem musste es ihm gelingen, seine aufgewühlte Gefühlswelt zu beruhigen und schnell zur Routine zurückzufinden, denn er wollte sich Jasmin gegenüber keine Blöße geben.

Jasmin Stahl trug zivil: helle Bluejeans, tailliertes, quittengelbes T-Shirt und Sneakers. Dazu passte ihre sportliche Kurzhaarfrisur, fand Paul, der sofort die Oberkommissarin alarmiert hatte.

Sie beide hielten gebührenden Abstand zu der Toten am Tatort. Die Detailuntersuchung überließ Jasmin zunächst den Kollegen der Spurensicherung, die in ihren weißen Einmalanzügen umsichtig das nähere Umfeld in Augenschein nahmen.

»Danke, dass du selbst gekommen bist«, sagte Paul zu seiner langjährigen Bekannten. »Da weiß ich, dass dieser Fall in guten Händen liegt.«

Jasmin schnippte ein Strähnchen ihres rosskastanienroten Haares aus der Stirn. »Bilde dir darauf bloß nichts ein. Mit dir hat es herzlich wenig zu tun, dass ich hier bin.«

»Ach, nicht?« Paul sah sie etwas enttäuscht an.

»Nein. Ich habe die Ermittlungen an mich gezogen, weil das mein Fall ist.«

»Ähm ...«

»Auf den ersten Blick ähnelt dieser Fall stark einem anderen, an dem ich momentan arbeite. Deswegen kümmert sich meine SoKo jetzt darum.« Mit einem etwas gezwungen wirkenden Lächeln fügte sie hinzu: »Aber nichts für ungut. Ist nett, dass du gleich an mich gedacht hast und mir Vertrauen entgegenbringst.«

»Ich hoffe, das Vertrauen beruht auf Gegenseitigkeit«, sagte Paul. »Es wäre schön, wenn du mich in die Ermittlungen einbeziehst. Immerhin habe ich die Tote entdeckt.«

Jasmin blickte ihn zunächst ablehnend an, aber dann sagte sie in doch recht freundlichem Ton: »Abgemacht. Ich kann diesmal wirklich etwas Unterstützung gebrauchen.« Sie tippte auf Pauls Fotoapparat, der noch immer um seine Schulter baumelte. »Angefangen bei deinen Bildern. Ich nehme an, du hast die gesamte Hochzeitsgesellschaft abgelichtet? Die Auswertung dieser Fotos dürfte interessant sein, zumal sich dadurch ja vielleicht schon gewisse Schlussfolgerungen ziehen lassen, wer mit wem wie gut auskam.«

»Du vermutest den Täter unter den Gästen, womöglich innerhalb der Familie?«

»Zunächst gehe ich einfach nur nach Schema F vor, und da die Erfahrung sagt, dass Mörder ausgesprochen häufig aus dem Familienkreis kommen und so eine Hochzeit ein nicht zu unterschätzendes emotionales Potenzial aufbietet, ist das meine erste Spur. Wobei ich mit der Befragung des Bräutigams wohl eine Weile warten muss ...«

»Ja«, sagte Paul und dachte an den armen Marc, der vor Joanas leblosem Körper zusammengebrochen war und gerade im Krankenhaus Hallerwiese versorgt wurde. Dass er etwas mit dem Tod seiner Angetrauten zu tun haben könnte, schloss Paul von vornherein aus. Er erkannte keinen Sinn darin, außerdem war Marc ja die ganze Zeit über an seiner Seite gewesen. »So ganz überzeugt vom Schuldigen aus dem Familienkreis bist du selbst nicht«, mutmaßte Paul, der Jasmin lange genug kannte, um ihren Gesichtsausdruck zu deuten. »Da es einen zweiten, ähnlichen Fall gibt, hast du den Zusammenhang mit der Trauung eigentlich schon wieder verworfen, nicht? Apropos: Was hat es mit diesem anderen Fall auf sich?«

Jasmin streckte die Hand aus und ließ sich von Paul die Speicherkarte mit den Fotos geben. Anschließend hob sie zu einer Antwort auf seine Frage an, als sich eine Frau, deren stämmige Proportionen in dem unvorteilhaften Mondanzug groteske Formen annahmen, aus der Gruppe der Spurensicherer löste und auf sie zukam.

»Frau Stahl«, rief sie. »Wir haben ein Problem.«

Paul wich Jasmin nicht von der Seite, als sie ihr entgegenging und sich erkundigte: »Was gibt es denn?«

»Der Kopf«, sagte die Beamtin und schüttelte dabei ihren eigenen. »Wir können ihn nirgends finden.«

»Haben Sie überall in den Beeten nachgesehen?«

»Ja, haben wir.«

»Auch zwischen den Hecken und Büschen?«

»Selbstverständlich. In einem Umkreis von zehn Metern haben wir alles systematisch abgesucht.«

»Dann erweitern Sie den Umkreis«, ordnete Jasmin an.

»Machen wir. Aber da ist noch etwas anderes.« Die Kriminaltechnikerin hob ihre Hand, in der sie einen Klarsichtbeutel von der Größe eines DIN-A-5-Heftes hielt. Darin steckte so etwas wie eine Karte oder ein Brief. »Das hier haben wir in ihrem Kleid gefunden. Der Täter könnte es ihr untergeschoben haben.«

Jasmin nahm die Schutzhülle vorsichtig entgegen und betrachtete den Inhalt.

Paul schaute ihr dabei über die Schultern und erkannte einen etwas antiquiert anmutenden Papierbogen. Er sah aus wie Bütten, handgeschöpft. Die Schrift darauf fügte sich ins Bild: große, geschwungene Buchstaben aus schwarzer Tinte.

Paul reichte ein kurzer Blick, um den Text zu lesen, denn er bestand bloß aus einigen wenigen Worten: »*Hochachtungsvoll, Ihr ergebener Franz Schmidt*«.

Da Jasmin auffällig lange auf die Grußbotschaft starrte, fasste Paul nach: »Was hat das zu bedeuten? Sagt dir dieser Name etwas?«

Bevor Jasmin antwortete, schickte sie die Kollegin zurück an die Arbeit – mit der Aufforderung, nach weiteren Hinweisen dieser Art Ausschau zu halten. Dann wandte sie sich wieder Paul zu und erklärte: »Ja, dieser Name sagt mir etwas. Nach ihm wurde meine Sonderkommission benannt: die SoKo Schmidt.«

Paul hob fragend die Brauen. »Dann kennt ihr den Täter also schon?«

»Wenn es nur so leicht wäre«, entgegnete Jasmin mit verbissenem Ton. Zusammen mit Paul verließ sie die pralle Sonne und stellte sich an die schattenspendende Burgmauer. »Bei dem anderen Tötungsdelikt, das ich erwähnt habe, wurde die gleiche Nachricht hinterlassen. Auch das Papier gleicht diesem hier wie ein Ei dem anderen.«

»Ein Serientäter, der seine Visitenkarte abgibt? Klingt ziemlich schräg«, fand Paul, den diese Vorstellung leicht frösteln ließ. »Trotzdem: Wenn euch der Name bekannt ist, warum habt ihr den Mann nicht schon nach der ersten Tat verhaftet?«

Jasmin belächelte diese Frage, die sie offensichtlich für recht naiv hielt. »Beim Meldeamt ist dieser Name tatsächlich registriert, zweimal sogar. Doch bei den betreffenden Personen handelt es sich um unbescholtene Bürger mit Alibis, wir haben das überprüft.«

»Dann kommt dieser Schmidt vielleicht nicht aus Nürnberg, sondern zum Beispiel aus Fürth oder Schwabach. Habt ihr euch auch dort erkundigt?«

Wieder ein Lächeln, das verriet, wie wenig Jasmin von Pauls Eingaben hielt. »Natürlich ist das nicht der wirkliche Name des Täters«, belehrte sie ihn. »Andererseits glauben wir nicht, dass er willkürlich gewählt wurde. Wir gehen davon aus, dass hinter diesem Namen die eigentliche Botschaft steckt, die uns der Täter zukommen lassen wollte.«

Paul rieb sich das Kinn. »Welche Botschaft sollte hinter einem so belanglosen Namen wie Schmidt stecken?«

»Jetzt enttäuschst du mich, Paul. Ich dachte immer, du wärst geschichtsinteressiert und würdest dich mit der Historie deiner Stadt auskennen.«

Das kratzte an Pauls Ego. Er rief sich bekannte Persönlichkeiten aus der Nürnberger Vergangenheit ins Gedächtnis. Alle möglichen Namen kamen ihm dabei in den Sinn, angefangen bei Albrecht Dürer über Peter Henlein und Veit Stoß bis hin zu Hans Sachs. Aber ein Schmidt war nicht darunter.

Jasmin ließ ihn eine Weile zappeln, bevor sie ihn erlöste: »Franz Schmidt – der Henker von Nürnberg. Im frühen siebzehnten Jahrhundert trug der städtische Henkermeister diesen Namen. Ich habe mich schlaugemacht und einiges über den Herrn erfahren. Ein ziemlich eifriger Mensch, der es in seiner Laufbahn auf dreihunderteinundsechzig Exekutionen gebracht hat, darunter zahlreiche Enthauptungen.«

Paul zeigte sich beeindruckt. »Dann ist die Parallele klar. Da man nicht von einer Wiederauferstehung ausgehen kann, haben wir es mit einem Trittbrettfahrer zu tun.«

»Diese Definition trifft es nicht ganz. Trittbrettfahrer orientieren sich meist am aktuellen kriminellen Geschehen. Nennen wir ihn lieber einen Nachahmer. Jemand, der Schmidts Handwerk als Henkermeister zu imitieren versucht, was ihm rein anatomisch leider überaus gut gelingt.«

Paul ließ ihre Worte auf sich wirken, dann kamen ihm erste Zweifel: »Es kann ja nicht sein, dass einer am helllichten Tag mit einem Henkersbeil durch die Gegend läuft und Leute köpft. Das würde doch auffallen, schließlich kann man eine solche Axt nicht einfach in der Hosentasche verschwinden lassen.«

»In der Hosentasche sicher nicht. Aber unter einem weit fallenden Trenchcoat sehr wohl. Der Täter könnte die Tatwaffe auch in einer Sporttasche verstaut haben, die er bei sich trug. Es gibt diverse Möglichkeiten. Vielleicht haben wir Glück und werden es bald erfahren. Denn diesmal gibt es eine Zeugin.« Damit verließ sie den Schattenplatz und strebte auf eine Sitzbank zu, auf der zwei Sanitäter Brautjungfer Marie versorgten.

»Ist sie vernehmungsfähig?«, erkundigte sich Jasmin bei einem Notarzt, der unweit der Bank stand und ein Protokoll ausfüllte. Dieser nickte, woraufhin sie sich an die junge Frau wandte, die zusammengekrümmt mit roten Augen und verschmierter Schminke dasaß.

Paul hielt etwas Abstand – doch nur so weit, dass er immer noch jedes Wort hören konnte.

»Mein Name ist Stahl«, stellte sich Jasmin vor. »Ich leite hier die Ermittlungen. Wie ich höre, geht es Ihnen wieder etwas besser?«

»Äh ... ja ... Ich ... Passt schon«, gab Marie schluchzend von sich und rieb sich die tränennassen Hände an ihrem Kleid trocken. Paul fiel auf, wie verschmutzt es war.

»Können Sie bitte beschreiben, was sich ereignet hat, nachdem Sie sich gemeinsam mit der Braut von der Hochzeitsgesellschaft entfernt hatten?« Jasmin legte sich einen kleinen Notizblock bereit.

»Joana und ich sind vorgelaufen, um einen hübschen Hintergrund für die Hochzeitsfotos auszusuchen«, antwortete Marie mit erstickter Stimme. »Sie hatte da ihre ganz speziellen Vorstellungen. Idyllisch sollte es aussehen, märchenhaft.«

»Ist Ihnen auf dem Weg in die Gärten jemand begegnet? Haben Sie einen Mann oder eine Frau beobachtet, die Sie beschreiben können?«

Marie ging kurz in sich, um dann den Kopf zu schütteln. »Nein, da war niemand. Ausgenommen eine alte Frau mit Hund, aber die verließ die Burggärten gerade, als wir kamen. Außerdem hatten wir für so was ja gar keine Augen. Joana ist hin und her geflitzt, weil sie sich nicht entscheiden konnte. Kein Wunder bei der Euphorie und Aufregung, die so ein Tag mit sich bringt. Sie war richtig kopflos.« Kaum hatte sie das letzte Wort ausgesprochen, presste sie entsetzt die Hand vor den Mund. »O Gott«, sagte sie dann. »Was rede ich da bloß?«

Jasmin ging darüber hinweg und fragte: »Was ist dann passiert?«

»Ich weiß es nicht«, antwortete Marie und wurde von einem Weinkrampf heimgesucht.

Jasmin wartete, bis sie sich beruhigt hatte, und stellte ihre Frage noch einmal.

Marie schloss die Augen. »Ich weiß es wirklich nicht. Joana hatte eine Stelle gefunden, an der sie sich fotografieren lassen wollte. Sie rannte ein Stück vor, um sie mir zu zeigen. Ich wollte hinterher, doch dann ...«

»Was geschah dann?«, fragte Jasmin nun sehr eindringlich.

»Nichts«, sagte Marie gequält. »Plötzlich war alles schwarz.«

»Es spricht einiges dafür, dass die Patientin betäubt wurde«, merkte einer der beiden Sanitäter an, die sich noch immer in der Nähe bereithielten. »Chloroform, würde ich sagen.«

Jasmin warf ihm einen unfreundlichen Blick zu. »Die medizinische Expertise besorge ich mir später selbst, danke.« Wieder an Marie gerichtet, fragte sie: »Haben Sie kurz vor Ihrem Blackout etwas wahrgenommen? Geräusche vielleicht, Schritte oder sogar eine Stimme?«

Wieder musste Marie nachdenken. »Nein, keine Stimme.« Dann fasste sie sich an die Schläfen. »Au, mein Kopf. Ich habe solche Kopfschmerzen.«

»Vermutlich eine Folge des Chloroforms«, meldete sich der Sanitäter erneut zu Wort.

»Behalten Sie Ihre Meinung bitte für sich und lassen Sie mich meine Befragung zu Ende führen«, wies Jasmin ihn zurecht. »Also, Marie: Sie haben keine Stimme gehört. Aber etwas anderes?«

»Nein, nein, ich habe gar nichts gehört. Außer vielleicht ...« Sie unterbrach sich selbst, wirkte unschlüssig.

»Außer was?«, fasste Jasmin behutsam nach. »Etwa doch Schritte, die sich von hinten näherten?«

»Keine Schritte, nein. Es war mehr ein ...« Wieder zögerte sie weiterzusprechen. »Es war eine Art ... eine Art Singen.«

Jasmin tauschte einen sekundenschnellen Blick mit Paul.
»Sie meinen, es hat jemand gesungen? Hörte es sich an wie eine Frau oder wie ein Mann?«

Marie war anzusehen, wie sehr sie das Nachdenken anstrengte. »Weder noch, glaube ich. Eher ein künstliches Singen. Eine Art metallisches Flirren.«

Damit konnte Paul überhaupt nichts anfangen. Was sollte das sein, ein metallisches Flirren?

Jasmin ging es wohl ebenso, denn sie übersprang diesen Punkt und stellte die nächste Frage: »Haben Sie etwas gesehen? Vielleicht einen Schatten, der plötzlich auf Sie zukam? Groß, klein? Dick, dünn?«

»Nein, ich sagte ja schon, dass ich nichts gesehen habe. Da war auch kein Schatten.« Ein erneutes Schluchzen. »Ich habe doch nur auf Joana geachtet. Sie war so happy und lachte die ganze Zeit. Ich habe mich mit ihr gefreut, doch auf einmal ...« Sie unterbrach sich abermals selbst und fasste sich wieder an die Schläfen. »Joanas Gesichtsausdruck – er hat sich plötzlich verändert. Als hätte sie sich über irgendetwas fürchterlich erschrocken.«

»Haben Sie eine Ahnung, was diesen Schrecken ausgelöst haben könnte?«

Marie zuckte die Schultern.

»Ist es möglich, dass Ihre Freundin die Person gesehen hat, die sich Ihnen von hinten näherte, um Sie zu überwältigen?«

»Das kann ich nicht sagen. Ich habe nur ihren veränderten Blick gesehen, und im nächsten Moment war alles vorbei. Wie bei einem Filmriss. Jede weitere Erinnerung ist einfach weg.«

»Ein charakteristisches Symptom für dieses einfache Narkosemittel«, redete der Sanitäter wieder dazwischen.

Diesmal platzte Jasmin der Kragen: »Ich komme hier allein zurecht, meine Herren. Sollten wir medizinische Hilfe brauchen, mache ich mich bemerkbar.«

Der übereifrige Sanitäter trat zwei schnelle Schritte zurück, ebenso wie sein weiter hinten wartender Kollege. »Geht klar, Frau Kommissarin«, sagte er eingeschüchtert und stieß seinen Partner an den Arm. »Wir sind dann mal weg.«

»Für dich gilt übrigens das Gleiche!«, rief Jasmin.

Paul fühlte sich davon nicht angesprochen. Erst als sie die Augen aufriss und mit beiden Händen winkte, begriff er, dass auch er unerwünscht war.

»Ich melde mich bei dir«, sagte sie noch und unterbrach die Zeugenbefragung so lange, bis sich Paul weit genug entfernt hatte.

Ärgerlich, dachte er. Da ist man mal bei einem Kriminalfall von Anfang an dabei, gibt wertvolle Hinweise und stellt Bildmaterial zur Verfügung – und dann so was! Wie undankbar von Jasmin. Aber das kannte er ja mittlerweile von ihr.

Für den Fall, dass sie es sich anders überlegen und ihn doch noch zurückrufen sollte, drückte er sich im hinteren Teil des Gartens herum und sah den Spurensicherern bei ihrer kleinteiligen Tätigkeit zu. Ihr Vorgehen, überwiegend in gebückter Haltung oder gar auf Knien, sowie ihre Instrumente – winzige Schaufeln, Pinzetten, Pinsel – ließen ihn an Archäologen denken. Eine wahre Sisyphusarbeit.

Leider machte Jasmin keinerlei Anstalten, ihren Platzverweis zurückzunehmen. Schließlich sah Paul ein, dass es wenig Zweck hatte, länger zu warten und sich die Beine in den Bauch zu stehen. Also akzeptierte er die Tatsache, dass die Polizei auch ohne ihn zurechtkam, und verließ etwas frustriert und mit gesenktem Kopf seinen Posten.

Nach gerade einmal drei oder vier Metern blieb er stehen. Da er seine Augen nach unten gerichtet hielt, war ihm etwas aufgefallen: bräunliche Tropfen, die sich auf dem fein gekiesten Pfad in unregelmäßigen Abständen abzeichneten. Dabei konnte es sich natürlich einfach um die Spuren einer undichten Getränkeflasche handeln, aber hier hatte sich seit einigen Stunden kein Spaziergänger mehr aufgehalten, nachdem die Gärten mit dem blau-weißen Flatterband der Polizei abgesperrt worden waren. Und ältere Flüssigkeitsreste hätten unter der starken Sonnenwärme längst verdunstet sein müssen.

Paul bückte sich und drückte seinen Zeigefinger auf einen besonders großen Tropfen. Die Flüssigkeit war noch feucht und klebte wie Sirup auf seiner Haut. Er hob die Hand und betrachtete den Abdruck: rot wie Blut!

Paul richtete sich auf und sah sich um. Niemand beachtete ihn. Und offenbar hatte bislang niemand diese Blutspur entdeckt. Sollte er Jasmin darauf aufmerksam machen? Das wäre ja wohl seine Pflicht. Also ging er auf sie zu, um ihr von seiner Entdeckung zu berichten. Doch sie steckte immer noch mitten in der Befragung der Zeugin. Kaum dass sie ihn sah, winkte sie verärgert ab.

»Später!«, rief sie ihm zu und konzentrierte sich wieder auf die Brautjungfer.

Daher kehrte Paul um und beschloss, die Spur zunächst selbst in Augenschein zu nehmen. Er wollte feststellen, wie lang diese schwach ausgeprägte Fährte überhaupt war und wohin sie führte. Langsam ging er weiter und fokussierte den Blick auf den Weg zu seinen Füßen.

Er folgte dem schmalen Pfad ganz bis ans Ende des Merian-Gartens, wo er auf eine steinumfasste Pforte traf. Der Durchgang lag halb im Verborgenen, dichter Efeu rankte sich bis über den gewölbten Türsturz. Wie Paul feststellte, hatten sich unterhalb der stark angelaufenen Metallklinke mehrere Blutstropfen zu einer handtellergroßen Lache vereinigt. Er drückte die Klinke und stieg mit einem weiten Schritt über die rötlich schimmernde Pfütze hinweg.

Er fand sich in einem Gang wieder, in den durch einzelne Auslassungen vom Ausmaß einer Schießscharte nur wenig Tageslicht drang. Die schmale Flucht endete vor einer steinernen Treppe, die steil nach unten ging. Ob es sich hierbei um einen offiziell zugänglichen Weg handelte? Paul hatte so seine Zweifel.

Er suchte Halt an einem eisernen Handlauf, denn die ausgetretenen und unebenen Stufen waren die reinsten Stolperfallen. Je tiefer die Treppe ihn führte, desto kühler und modriger wurde die Luft. Paul kam der Gedanke, doch besser umzukehren, aber seine Neugierde ließ es nicht zu.

Die Stufen wollten kein Ende nehmen, und mit jedem Meter, den Paul weiter in den Untergrund stieg, wuchs die Erkenntnis, wohin ihn dieser Pfad führen würde: in die Kasematten der Kaiserburg.

Diese unterirdischen Anlagen waren ihm sehr wohl ein Begriff. Paul hatte schon an Führungen durch die Kasematten teilgenommen und war wiederholt zum Fotografieren hier gewesen. Daher wusste er, dass sich schon seit dem sechzehnten Jahrhundert die gewaltigen Bollwerke des Baumeisters Antonio Fazuni aus dem Burggraben erhoben. Zur Zeit seiner Errichtung war das imponierende Bauwerk einmalig in Deutschland gewesen und hatte vielen anderen Städten als Vorbild gedient.

Am unteren Treppenabsatz angelangt, stand Paul inmitten dieser Verteidigungsgänge tief unter den Bastein. Er trat auf einen der Lichtschächte zu, wo er durch die

Festungsmauer hinausblicken konnte und sich ausmalte, wie vor Jahrhunderten von hier aus auf Angreifer gefeuert worden war.

Ein Rascheln ließ ihn aufschrecken. Er erkannte den schattenhaften Umriss eines kleinen Tieres, das vor ihm flüchtete. Wohl eine Ratte. Schlagartig war ihm der Grund wieder klar, der ihn heute in den Untergrund führte. Mit seiner Handylampe beleuchtete er den grob gehauenen Boden. Er musste es eine ganze Weile probieren und mehrmals vor- und zurückgehen. Doch dann fand er die Spur wieder. Ganz dünn nur noch, bloß aus wenigen kleinen Spritzern bestehend.

Langsam tastete sich Paul vor. Meter für Meter wurden die Tropfen rarer. Der Gang beschrieb eine Kurve, hinter der die Spur schließlich endete. Doch Paul war jetzt auch nicht mehr auf sie angewiesen. Unmittelbar vor einer der Schießscharten war ein hölzerner Pfahl in den Untergrund gerammt worden. An ihm hing ein Schild mit geschichtlichen Details über die Kasematten. Jemand hatte den Pfahl zweckentfremdet und einen entsetzlich entstellten menschlichen Kopf darauf befestigt. Den Kopf von Joana.

# 3

Es war unbeschreiblich. Er fühlte sich wie durch den Wolf gedreht. Oder noch schlimmer. Paul wusste überhaupt nicht, wo ihm der Kopf stand – oje, da war es wieder, dieses Wort, bei dem er augenblicklich fürchterliche Bilder vor Augen hatte: *Kopf.*

Die kopflose Braut begleitete ihn den ganzen Weg bis nach Hause. Paul war unfähig, sich auf irgendetwas anderes zu konzentrieren.

Kein Wunder, dass Jasmin sich schwergetan hatte, ihn gehen zu lassen. Lieber wäre es ihr gewesen, wenn er sich nach seiner schrecklichen Entdeckung in den Kasematten psychologisch hätte betreuen lassen. Doch er hatte dem Ort des Geschehens nur so schnell wie möglich entfliehen wollen. Was er jetzt brauchte, war die Geborgenheit der eigenen vier Wände. Ruhe im geschützten Raum.

Umso stärker irritierte ihn, wie er sein Heim an der Kleinweidenmühle vorfand. Seine Frau Katinka arbeitete um diese Uhrzeit noch, weshalb er davon ausging, dass niemand zu Hause war. Doch als er den Schlüssel ins Schloss steckte, stutzte er, weil er ihn nur einmal herumdrehen musste. Normalerweise sperrten Katinka und er doppelt ab, wenn sie das Haus verließen. Im Flur wunderte er sich dann darüber, dass die Tür zum Wohn- und Küchenbereich sperrangelweit offen stand. Katinka hasste offen stehende Türen. Sie hätte sie mit Sicherheit zugezogen, bevor sie gegangen wäre. War jemand anderes im Haus?

Paul blieb auf der Hut, als er langsam weiterging und sich dabei bemühte, möglichst leise zu sein. Der große Wohnraum mit bodentiefer Fensterreihe und Pegnitzblick war mit der Küchenzeile verschmolzen. Als Paul ihn betrat, fuhr ihm der Schreck durch alle Glieder: Einbrecher! Dort, wo normalerweise sein HiFi-Turm stand, klaffte eine Lücke vor der Wand. Auch seine schulterhohen Standboxen und das CD-Karussell waren verschwunden.

Er spürte ein Ziehen in der Brust, so sehr schmerzte ihn dieser Verlust. Dann schaute er sich hektisch weiter um. Was fehlte noch? Was hatten die Bastarde noch mitgenommen?

Doch er konnte keine weiteren Einbußen feststellen, alles andere stand an Ort und Stelle. Seltsamerweise konnte Paul auch keine Spuren der Verwüstung entdecken, weder aufgerissene Schubladen noch umgestoßene Vasen oder schief hängende Bilder. Stattdessen fielen ihm einige Dinge auf, die er nie zuvor gesehen hatte. Ihm schwante Böses ...

Plötzlich ein Geräusch aus dem Flur. Paul fuhr herum. Im Halbdunkel konnte er zunächst nicht erkennen, wer auf ihn zukam. Er sah nur eine schlanke Gestalt, die einen länglichen Gegenstand in der Hand hielt.

»Wer ist da?«, rief er laut.

Die Antwort bestand aus einem Lachen. Kurz darauf tauchte Hannahs blonde Lockenmähne im Türrahmen auf. Pauls Stieftochter trug graue Jogginghosen und ein weißes T-Shirt, und das Ding in ihrer Hand entpuppte sich als Schraubenzieher.

»Du meine Güte«, sagte sie im Näherkommen. »Bist du einem Geist begegnet? So leichenblass habe ich dich noch nie gesehen.«

Paul fasste sich und zeigte auf die Stelle, an der einmal seine Stereoanlage gestanden hatte. »Was ist hier los? Wo sind meine Sachen geblieben? Und warum bist du hier und nicht bei der Arbeit?«

»So viele Fragen auf einmal?« Hannahs Finger spielten mit dem Schraubenzieher. »Erstens: nichts Besonderes. Zweitens: Wenn du von deinem alten Gerümpel sprichst – das ist im Keller verstaut, wo ich gerade herkomme. Drittens: Auch für Beschäftigte der Stadtverwaltung gibt es mittlerweile so etwas wie Gleitzeit.«

Auf Pauls Stirn bildete sich eine steile Furche. »Mein Plattenspieler, der CD-Player, das Kassettendeck, der Receiver, der Verstärker und die Boxen sind im Keller? Warum?«

»Weil es dafür höchste Zeit wurde. Katinka hat mich gebeten, mich darum zu kümmern, euch ein Smart Home einzurichten.« Sie deutete mit der Spitze des Schraubenziehers auf ein cremeweißes Designerstück in der Form eines Footballs. »Das ist die Zukunft, Paul. Ein smarter Lautsprecher. Der kann Musik machen und noch viel mehr. Deine antiquierte Anlage ist damit überflüssig.«

Paul beäugte die Neuanschaffung aus kritischer Distanz. »Und wo ist der Schlitz, in den ich meine CDs stecken kann?«

Hannah verdrehte die Augen. »O Paul, du bist so was von Neunziger! Vergiss deinen alten Kram. Als Nächstes baue ich deinen Festplattenrecorder und den DVD-Spieler ab. Mit modernen Smart-TVs kannst du Filme genauso gut streamen oder sie dir aus der Mediathek holen.«

»Einen Teufel wirst du tun! Die Krimiserien, die ich mag, gibt es gar nicht im Internet: *Starsky & Hutch*, *Die Profis*, *Detektiv Rockford* ...«

»Von wegen: Inzwischen findet sich da sogar allerhand Angestaubtes aus der Mottenkiste für Leute wie dich.«

»Na super. Ich bin begeistert«, ärgerte sich Paul. »Das ist immer noch meine Wohnung, oder?«

Hannah neigte den Kopf. »Genau genommen ist es die von Mom.«

»Wer verlangt da nach mir?«, klang Katinkas Stimme aus dem Flur.

Paul hörte, wie sie ihren Schlüsselbund in die dafür vorgesehene Schale warf und ihre Aktentasche abstellte, sich die Schuhe von den Füßen streifte und die Jacke an die Garderobe hängte. Gleich darauf erschien sie im Businesskostüm rank und schlank wie eh und je im Wohnzimmer. Das mittlerweile gefärbte blonde Haar reichte ihr eine Handbreit unter die Schulter, ihre Gesichtszüge waren frisch und dynamisch. Den Arbeitstag sah man ihr nicht an, dachte sich Paul.

Er dagegen schien einen anderen Eindruck zu machen, denn auch Katinka fiel seine blasse Gesichtsfarbe sofort auf: »Ach Gott, nimmt dich die Sache mit der alten Stereoanlage so mit? Das tut mir leid. Aber sie war doch sowieso nur noch ein Staubfänger. Diese neuen vernetzten Boxen nehmen viel weniger Platz weg und klingen trotzdem hervorragend. Außerdem lassen sie sich per Smartphone oder Stimme steuern. Ich dachte, ich tue dir damit einen Gefallen, wenn wir uns das anschaffen.«

»Ach«, stieß Paul aus und ließ sich ermattet auf die Ledercouch fallen. »Ich ärgere mich, wenn ihr solche Entscheidungen über meinen Kopf hinweg trefft. Aber das ist nicht alles.« Er schilderte den beiden, was vorgefallen war, woraufhin sich auch Katinka und Hannah setzten und ihm stumm zuhörten. Während er sprach, wurde ihm erneut bewusst, wie sehr ihn das Ganze aufgewühlt und bewegt hatte. Es handelte sich ja nicht um einen Todesfall, bei dem ein sehr alter Mensch einen Herzinfarkt erlitten hatte – obwohl auch das eine Tragödie gewesen wäre –, sondern um ein furchtbar blutiges Verbrechen. Immer wieder sah er die strahlende Braut vor seinem inneren Auge, ihr bezauberndes Lächeln und die Lebensfreude, die sie ausstrahlte – und im nächsten Moment gingen ihm die verstörenden Bilder ihres kopflosen Torsos durch den Kopf.

Hannah war es, die als Erste das Wort ergriff, nachdem Paul ausgeredet hatte: »Dass eine junge Braut mal den Kopf verliert, ist ja nichts Ungewöhnliches, aber doch nicht auf diese Weise ...«

»Hannah!«, tadelte Katinka ihre Tochter. »Ein bisschen mehr Respekt! Solche Bemerkungen sind pietätlos.«

»Sorry, Mom, das war jetzt echt nicht beabsichtigt.«

»Schon gut«, sagte Katinka. Dann zeichneten sich einige Falten auf ihrer Stirn ab, und sie sagte an Paul gerichtet: »Wir haben bereits mit einem ganz ähnlich gelagerten Fall zu tun, der uns vor ein großes Rätsel stellt. Deshalb habe ich mich sofort eingeschaltet und auf Ergebnisse gedrängt. Der Fall Joana Vogelsang hat jetzt oberste Priorität.«

»Dann bist du also schon im Bilde. Lassen Sie hören, Frau Oberstaatsanwältin!«, forderte Hannah ihre Mutter auf.

Katinka verschränkte demonstrativ die Arme. »Ich werde ganz gewiss keine vertraulichen Informationen preisgeben.«

»Aber nein, das wäre dann ja das erste Mal«, blieb Hannah hartnäckig. »Jetzt tu bitte nicht so, als könntest du deiner eigenen Familie keine Geheimnisse anvertrauen.«

»*Gerade* meiner eigenen Familie vertraue ich besser keine Dienstgeheimnisse an«, konterte Katinka, die – dessen war sich Paul bewusst – aus leidlicher Erfahrung sprach.

»Dass das erste Opfer ebenfalls enthauptet wurde, wissen wir ja bereits«, versuchte Paul das Gespräch auf eine sachliche Ebene zu führen. »Wenn Polizei und Staatsanwaltschaft also einen Zusammenhang herstellen, ist das nichts, was man geheim halten muss, oder?«

»Nein, das nicht«, bestätigte Katinka. »Ich nehme an, dass die Zeitungen darüber ebenfalls berichten werden.«

»Na also. Es gibt gar keinen Grund, uns etwas zu verschweigen, oder?«, fasste Paul nach. »Außerdem kann ich es mir bereits denken.«

»Was kannst du dir denken?«

»Etwa, dass auch am ersten Tatort eine Botschaft hinterlassen wurde? Wenn es so ist, dürft ihr euch freuen: Welcher Mörder hinterlässt schon seine Visitenkarten am Tatort? Eine kriminaltechnische Untersuchung seiner DNA-Spur führt euch zu ihm, bevor er bis zehn zählen kann.«

Katinka schürzte die Lippen. »Wenn es doch nur so einfach wäre ...«

»Der Täter muss doch jede Menge Spuren hinterlassen haben. Im öffentlichen Raum kann er sich wohl kaum in einem Vollschutzanzug mit Haarnetz, Mundschutz und Latexhandschuhen bewegt haben, ohne dass es Dutzende Passanten bemerkt hätten. Außerdem ist eine Enthauptung sicher nicht ohne gewisse Anstrengung zu vollziehen, dabei hat der Mörder bestimmt Schweißspuren, Hautpartikel oder Haare zurückgelassen.« Für Paul lag es auf der Hand, dass die Spurensicherer aus dem Vollen schöpfen konnten.

Tatsächlich bestätigte Katinka, dass an beiden Tatorten zahlreiche Spuren sichergestellt werden konnten, darunter Hautschuppen, Splitter von Fingernägeln, Spuren von Körperflüssigkeit, Textilfasern, also das ganze Programm. »Aber leider bringt uns das vorerst nicht weiter«, endete sie ziemlich unzufrieden.

»Das verstehe ich nicht«, meinte Paul. »Du meinst wohl, weil es noch zu früh für Ergebnisse ist und die KTU mehr Zeit braucht.«

»Ja, auch.« Sie straffte die Schultern. »Das eigentliche Problem besteht diesmal aber nicht im Mangel an Spuren, wie das normalerweise der Fall ist, sondern im Überfluss. Derjenige, der sich Schmidt nennt, muss ein ganzes Arsenal an Fremd-DNA am Tatort verteilt haben, um unsere Spurensicherer in die Irre zu führen. Darunter befinden sich weibliche Genspuren ebenso wie männliche, und das von vielen unterschiedlichen Personen. Ein wildes Durcheinander, als hätte er eine Konfettikanone gezündet. Diese Spuren auseinanderzudividieren bereitet eine Heidenarbeit und kostet viel Zeit.«

»Dann handelt er wohl doch nicht ganz so altmodisch, wie es seine Visitenkarte suggerieren soll«, merkte Paul nachdenklich an.

»Wie lange liegt denn die erste Tat zurück?«, wollte Hannah wissen.

»Acht Tage«, antwortete Katinka.

»Dann müsste es doch trotz der vielen Spuren schon die ersten Treffer geben, oder nicht?«

Katinka sah weg. »Das führt jetzt zu weit. Die Ermittlungen stehen noch ganz am Anfang.«

»In diesem Hause bleibt sowieso nichts geheim«, konterte Hannah. »Sag's uns lieber gleich, ehe Paul deine Unterlagen durchwühlt und wieder mal der Haussegen schiefhängt.«

Katinka stöhnte auf. »Ihr Nervensägen macht mich echt fertig. Also schön: Die bereits isolierten Genspuren sind mit der Datenbank abgeglichen worden, also mit dem, was ihr so gern ›Verbrecherkartei‹ nennt. Und ja, es hat wirklich einen Treffer gegeben. Aber das heißt noch gar nichts, weil die betreffende DNA auch bei anderer Gelegenheit an den Tatort gelangt sein könnte und daher nicht zwingend mit der Tat in Verbindung zu bringen ist. Immerhin handelt es sich beim Ort des Geschehens um einen öffentlich zugänglichen Platz.«

»Bekommen wir auch einen Namen dazu?«, blieb Hannah beharrlich.

Das war selbst Paul zu dreist, sodass er einlenkte: »Wir wollen es nicht übertreiben. Deine Mutter hat uns mehr als genug verraten.«

Während Katinka zufrieden schien, reagierte Hannah beleidigt und zog sich schmollend zurück. Paul sah ihr nach, als sie in den Flur stiefelte.

»Tja, auch mit Ende zwanzig reagiert sie noch zickig, wenn nicht alles nach ihrer Pfeife tanzt«, konstatierte Katinka.

Paul erhob sich, um für Katinka und sich etwas zu trinken zu holen. Im Kühlschrank stand eine angebrochene Flasche Silvaner seines Lieblingswinzers aus Volkach. Während er einschenkte, rief er Katinka aus der offenen Küche zu: »Standen die beiden Toten eigentlich in irgendeiner Verbindung zueinander? Weiß man darüber schon etwas?«

»Das lässt sich zum jetzigen Zeitpunkt noch nicht sagen«, lautete die Antwort. Katinka hatte es sich inzwischen auf dem Sofa bequem gemacht und die Beine nach oben gelegt. »Eine verwandtschaftliche Beziehung bestand jedenfalls nicht.«

Paul musste den Weg zurück besonders langsam nehmen, denn er hatte es beim Eingießen etwas zu gut gemeint. »Was weiß man denn über das andere Opfer?«

»Ebenfalls eine Frau, deutlich älter als die Braut. Doch wenn du glaubst, damit einen typischen Frauenmörder ausklammern zu können, täuschst du dich: Frauenhasser achten nicht unbedingt aufs Geburtsjahr.«

»Ich möchte nur gern ein wenig spekulieren«, erklärte Paul und stellte den Wein auf einem niedrigen Glastisch ab. »Was ist mit der Befragung der Hochzeitsgäste? Kam dabei etwas Brauchbares heraus?«

Katinka griff zu ihrem Getränk. »Sei nicht so ungeduldig, Paul. Sobald es die ersten Ermittlungsergebnisse gibt, werde ich es erfahren. Und damit sehr bald auch du – wenn du mich nicht zu sehr drängst und alles für dich behältst. Andernfalls versiegt dieser Informationsfluss nämlich ein für alle Mal.« Sie ließ ihr Glas an das von Paul stoßen. »Zum Wohl.«

»Zum Wohl!«, erwiderte Paul.

Später, als sich Katinka ins Schlafzimmer zurückzog, um ihr Kostüm gegen etwas Legeres zu tauschen, griff Paul zu seinem Smartphone. Er scrollte seine Mails durch und sah auch nach, ob er eine neue Nachricht auf WhatsApp erhalten hatte.

Ja, hatte er. Sie stammte von Hannah und beinhaltete lediglich einen Paul unbekannten Namen: *Marvin Abelein.*

Wer sollte das sein? Paul tippte diese Frage ein, worauf Hannah unverzüglich eine Sprachnachricht schickte: »Der Typ ist wegen eines Rauschgiftdeliktes vorbestraft und deshalb samt genetischem Fingerabdruck in der Polizeidatenbank gelandet. Seine DNA wurde am ersten Tatort sichergestellt. Die Vergleichsprobe kommt auf vierundneunzig Prozent Übereinstimmung, also eine ziemlich sichere Sache.«

»Woher weißt du das?«, gab Paul ein.

»Aus Moms kleinem Notizbuch. Ihre Aktentasche stand im Flur, als ich ging …«

# 4

Paul wollte sich nicht lumpen lassen, deshalb sagte er der Verkäuferin beim Bäcker am Weißen Turm, sie solle ihm einen Donut, eine Zimtschnecke und ein Quarkbällchen einpacken. Außerdem bestellte er zwei Cappuccino to go. Beim Obststand direkt gegenüber holte er sich einen dicken Strunk Weintrauben. Damit war er gut gerüstet für das, was er vorhatte.

Es war kurz nach zehn am Morgen, als er das Polizeipräsidium am Jakobsplatz betrat und sich beim Pförtner anmeldete. Dieser kannte Dauergast Paul besser als manchen Kollegen und stellte ihm ohne Weiteres einen Besucherausweis aus. Dafür durfte er sich einige Trauben nehmen.

Paul beförderte seine Einkäufe in den zweiten Stock und klopfte auf halber Höhe des Ganges an eine der Türen. Nach einem verhaltenen »Herein« drückte er die Klinke und betrat Jasmin Stahls Gewächshaus. So nannte ihr Chef, Hauptkommissar Winfried Schnelleisen, despektierlich ihr Büro, da sich dort zahllose Setzlinge zu teils mannshohen Zierpflanzen ausgewachsen hatten. Paul vermutete, dass Jasmin nur deshalb so viel Grünzeug um sich scharte, damit Schnelleisen sie in dem Dschungel nicht finden konnte. Die beiden standen nämlich seit Jahren auf Kriegsfuß, und Jasmin mied den Kontakt zum Hauptkommissar, wann es nur ging.

»Ein ganz schlechter Zeitpunkt«, sagte Jasmin, kaum dass sie ihren unangemeldeten Besucher erkannt hatte.

»Ist es das nicht immer, wenn ich komme?« Paul stellte mit einem gewinnenden Lächeln die Viktualien auf ihrer Schreibtischplatte ab.

»Oje, du hast schon wieder diesen George-Clooney-Blick aufgesetzt«, sagte Jasmin und betrachtete ihn skeptisch. »Das kann nichts Gutes bedeuten. Was willst du denn?«

»Möchtest du überhaupt nicht Danke sagen?«, fragte Paul, zog sich einen Stuhl heran und setzte sich ihr gegenüber. »In etwa so: Danke, lieber Paul, dass du dir die Mühe gemacht hast, mir ein Frühstück zu besorgen, wo mir das Kantinenessen und der Automatenkaffee doch so gar nicht schmecken.«

Jasmin zog einen Mundwinkel nach oben. Dann griff sie mit spitzen Fingern nach der Zimtschnecke. »Na schön, Quälgeist. Was hast du auf dem Herzen? Aber mach schnell. Der Boss hat sich angekündigt. Kann nicht mehr lange dauern, bis er hier aufschlägt.«

»Du weißt, was ich will«, sagte Paul und nahm einen Schluck Cappuccino. »Ich bin vorhin an einem dieser Zeitungskästen vorbeigekommen, und da steht in großen Lettern etwas von einem Serienkiller. Ist das jetzt sicher?«

»Gar nichts ist sicher«, gab Jasmin verärgert zurück. »Ob wir es mit einer Serie zu tun haben oder die Reihe nach den beiden Taten beendet ist, lässt sich nach jetzigem Kenntnisstand überhaupt nicht sagen.«

»Aber dass die beiden Taten wirklich in einem Zusammenhang stehen, kannst du bestätigen?«

»Meine Güte, ich werde den Teufel tun, irgendetwas zu bestätigen.« Jasmin aß die Hälfte der Zimtschnecke und wischte sich die Zuckerkristalle vom Mund. »Dazu ist es deutlich zu früh. Bisher sehen wir keine Verbindung zwischen den beiden Frauen.«

»Zufallsopfer?«

»Möglicherweise ja. Der einzig gesicherte Fakt ist, dass es Parallelen bei der Ausführung der Taten gibt. Sowohl

Theresa Wohlleben, das erste Opfer, als auch Joana Vogelsang wurden enthauptet. Und zwar überaus gekonnt mit nur einem einzigen Hieb. Ich habe mir von der Gerichtsmedizin sagen lassen, dass so etwas gar nicht einfach ist, da allein die Wirbelknochen im Bereich des Nackens ausgesprochen stabil und widerstandsfähig sind. Deshalb mussten die Henkermeister früher ihr Handwerk in jahrelanger Ausbildung erlernen. Und weil das mit Axt oder Schwert nicht jedem gelang, haben die Franzosen bei ihrer Revolution eine Maschine dafür entwickelt, die Guillotine. Kurzum: Unser moderner Henker Schmidt kommt den Fertigkeiten seines historischen Vorbilds sehr nahe.«

Paul nahm noch einen Schluck Kaffee. »Woher nimmt er seine anatomischen Kenntnisse? Ob er ein Arzt ist – oder Metzger?«

Jasmin hob die Schultern. »Darüber lässt sich nur spekulieren, genauso gut können wir es mit einem Autodidakten zu tun haben, der sich sein Wissen eigenständig angeeignet und die praktische Umsetzung wie auch immer eingeübt hat.«

»Geübt? Etwa so wie Cowboys, die auf Bierflaschen schießen, um das Zielen zu lernen? Oder meinst du, er hat auf Wassermelonen eingeschlagen?«

»Woher soll ich das wissen? Immerhin spricht einiges dafür, dass beide Male dieselbe Tatwaffe verwendet wurde: eine schmale, sehr scharfkantige Klinge aus Stahl.«

»Also keine Axt und kein Beil?«

»Eher eine Art Schwert. Was genau es damit auf sich hat, wissen wir noch nicht. Aber die Experten sind dran, das abzuklären.«

»Haben die Befragungen der Hochzeitsgesellschaft etwas ergeben?«

Jasmin, die die Zimtschnecke bis auf die letzten Krümel vertilgt hatte, angelte sich als Nächstes das Quarkbällchen aus der Tüte. Sie konnte es sich leisten, dachte Paul, denn durch ihr intensives Volleyballspiel trainierte sie sich die paar Kalorien spätestens heute Abend wieder ab.

»Nichts Aufregendes«, antwortete sie. »Hinweise auf einen verprellten Ex-Lover von Joana haben sich nicht ergeben – das wäre auch zu schön gewesen. Aufseiten des Bräutigams ebenfalls Fehlanzeige, er hat eine weiße Weste. Kurzum: Wir haben keine verdächtigen Personen benennen oder Motive herausarbeiten können.«

»Was ist mit der Brautjungfer, mit Marie?«, erkundigte sich Paul. »Hat sie sich später an etwas mehr erinnern können als unmittelbar nach der Tat?«

»Leider nein. Das, was du gehört hast, war alles. Sie ist offenbar aus dem Hinterhalt überrumpelt worden. Die Vermutung der Leute vom Rettungsdienst, dass sie betäubt wurde, hat sich übrigens als richtig erwiesen.«

»Das ist aber doch seltsam«, fand Paul. »Sollte die Theorie mit den Zufallsopfern zutreffen, weshalb hat Schmidt dann nicht Marie, sondern Joana getötet? Und warum nicht gleich beide? Die Gelegenheit dazu bestand ja.«

Jasmin deutete ein Nicken an. »Diese Frage haben wir uns natürlich auch gestellt.«

»Für mich hört sich das so an, als hätte Schmidt seine Opfer eben doch bewusst ausgewählt. Bist du ganz sicher, dass Joana und diese andere Frau nichts miteinander zu tun hatten? Was hat Frau Wohlleben eigentlich beruflich gemacht?«

Jasmin musste in ihrer Akte nachsehen. »Verwaltungskraft bei der Uni in Erlangen.«

»Und Joana Vogelsang?«

»Lektorin in einem Sachbuchverlag in Nürnberg.«

»Mmmh«, machte Paul. »Klingt beides nicht besonders spannend. Mafiaverbindungen werden sich aus solchen Jobs kaum konstruieren lassen.«

»Du sagst es.« Sie zog die Tüte mit dem letzten Gebäckstück und die Trauben auf ihre Seite des Schreibtisches. »Genug geplaudert«, beschied sie. »Schnelleisen wird in wenigen Minuten seine blasse Nase durch meine Bürotür stecken. Höchste Zeit, dass du verschwindest.«

»Nur eines noch«, sagte Paul. »Was hat es mit diesem Marvin Abelein auf sich?«

Jasmin machte große Augen. »Woher hast du diesen Namen?«

»Du kennst ihn also auch? Fein. Wer ist das denn, und wo kann ich ihn finden?«

Jasmin schob ihren Schreibtischstuhl zurück und stand auf. »Du wirst ihn nirgends finden, Paul! Das ist eine absolut vertrauliche Information, die nicht an die Öffentlichkeit dringen darf.«

Von draußen waren Schritte zu hören. Energische Schritte, die näher kamen.

»Das ist Schnelleisen«, sagte Jasmin nervös. »Geh jetzt bitte. Sofort!«

Paul entschloss sich zu pokern, blieb sitzen und überkreuzte die Beine. »Was ist mit diesem Abelein? Ihr habt seine DNA sichergestellt, haltet ihr ihn also für den Mörder?«

Jasmins Gesichtsfarbe wechselte von einer gesunden Bräune ins Rötliche. »Wenn du nicht augenblicklich mein Büro verlässt, dann ...«

»Sag mir ganz einfach, was das für ein Typ ist, dann lasse ich dich in Ruhe.«

Die Schritte waren jetzt ganz nah.

»Der Verdächtige gehört zur Skater- und Longboardszene vor dem Germanischen Nationalmuseum«, sagte sie gepresst. »Wehe, du gibst diesen Namen weiter.«

»Verbindlichsten Dank«, sagte Paul und deutete beim Aufstehen eine Verbeugung an. »Bin schon weg.«

# 5

Paul hatte Feuer gefangen. Nicht nur, weil ihn das Mysterium dieses ungewöhnlichen Falls reizte. Es lag auch daran, dass er sich als eine Art Rächer für Joana sah. Als Ritter, der den Tod der schönen Jungfrau sühnt. Solche Gedanken würde er nie im Leben laut aussprechen, dennoch trieben sie ihn an und motivierten ihn dazu, Zeit, Kraft und Mut für die Aufklärung dieses fürchterlichen Verbrechens aufzuwenden. Deshalb war er fest entschlossen, eigene Nachforschungen anzustellen – ganz so, wie er es in den vergangenen fünfzehn Jahren immer mal wieder getan hatte.

Kaum hatte er das Präsidium verlassen, plante er schon die nächsten Schritte: Er wollte die von Jasmin erwähnte Skaterszene auskundschaften. Die war ihm durchaus ein Begriff, denn jeder, der den Kornmarkt zwischen Gewerkschaftshaus und Museum passierte, konnte dem munteren Treiben der Jugendlichen zusehen, die sich dort an schönen Tagen mit ihren Brettern trafen, um ihre Fähigkeiten und Geschicklichkeit in spektakulären Parkourfahrten unter Beweis zu stellen. Der Platz war dafür geradezu prädestiniert, denn diverse Betonelemente, Edelstahlplanken, Bänke und Stufen gaben perfekte Hindernisse und Sprunghilfen zum Üben ab.

Paul nahm sich vor, die Szene zunächst mit Abstand zu beobachten, und zwar durch das Teleobjektiv seiner Kamera. Deswegen schlug er nicht den direkten Weg zum Kornmarkt ein, sondern lief in Richtung Weinmarkt, wo er sein Fotoatelier aufsuchen und sich die geeignete Ausrüstung zusammenstellen würde.

Die Umsetzung seines Vorhabens vor Augen, sah er weder nach links noch nach rechts, als er durch sein altes Revier streifte. Trotzdem erkannte er die Stimme, die laut nach ihm rief, sofort.

»Hannes?« Paul schaute sich nach dem Pfarrer um. Dieser stand am Übergang zwischen Weinmarkt und Sebalder Platz, hinter ihm ragten die Türme der Kirche in den blauen Himmel.

Hannes Fink, dank seiner kompakten Statur und dem grauen, zum Pferdeschwanz gebundenen Haar nicht zu verwechseln, war nicht allein. Neben dem Geistlichen stand ein deutlich jüngerer und schlankerer Mann. Brillenträger, gebildet wirkend. Im Näherkommen sah Paul, dass auch er ein Kollar trug, den dünnen weißen Kragen eines lutherischen Pfarrers.

»Darf ich vorstellen«, sagte Hannes Fink, nachdem er Paul freundschaftlich auf die Schulter geklopft hatte. »Jens Wolf, mein designierter Nachfolger.«

»Sehr erfreut«, sagte Paul und stellte sich selbst vor. An Fink gerichtet sagte er: »Erzähl mir nicht, dass du schon in den Ruhestand gehst. Ich dachte, wir wären derselbe Jahrgang.«

»Nein, mein Lieber, ich bin um einiges älter und vor allem weiser als du«, entgegnete Fink und ließ sein markantes, schallendes Lachen ertönen. »Obwohl es schade ist, ausgerechnet jetzt das Pfarramt abzugeben. Zu gern wäre ich ins Pfarrhaus zurückgezogen. Du weißt, es wird gerade saniert und anschließend tausendmal schöner und vor allem komfortabler sein als je zuvor. In diesen Genuss kommt nun Kollege Wolf. Gerade wollten wir einen Blick auf die Baustelle werfen. Bist du dabei?«

»Danke«, erwiderte Paul. »Aber ich bin beschäftigt.«

»Womit denn? Däumchendrehen?«, fragte Fink. »Ich weiß doch, dass du nicht gerade in Fotoaufträgen ertrinkst. Da kannst du doch problemlos ein paar Minuten für die Erweiterung deines Bildungshorizonts opfern.«

Wirklich eilig hatte es Paul ja nicht, denn ob er eine halbe Stunde früher oder später am Kornmarkt war, spielte keine Rolle. Und sich das alte Pfarrhaus von innen anzuschauen, reizte ihn schon länger. »Also gut«, stimmte er zu und schloss sich den beiden Geistlichen an, um das Eckhaus mit seinem berühmten Steinchörlein aufzusuchen.

»Der Pfarrhof der Sebalduskirche kann in das dreizehnte Jahrhundert datiert werden und zählt damit zu den ältesten Baudenkmälern in Nürnberg«, erklärte Fink, während sie das Eingangstor durchschritten und in einen hübschen Innenhof traten, der im ersten Stock von einem hölzernen Rundlauf umgeben wurde. »Wie du dir denken kannst, birgt so ein altes Gemäuer manches Geheimnis. Einige davon kamen während der Bauarbeiten zum Vorschein.«

»Wandmalereien etwa«, knüpfte Vikar Wolf an. »Bemerkenswert ist etwa die bauzeitlich um 1350 datierte Rankenbemalung der Holzdecke im Südflügel, die zugehörigen Wandfassungen und der rote Ziegelestrichboden. Das sind herausragende kunsthistorische Dokumente.«

Paul folgte den anderen eine hölzerne Stiege hinauf. Nachdem sie eine Baufolie zur Seite geschoben hatten, erreichten sie den Wohnbereich, in dem sich Handwerker bemühten, zeitgemäße Technik wie elektrische Leitungen, Heizung und Sanitäranlagen möglichst dezent in die alte Bausubstanz zu integrieren.

»Wir haben sogar Reste eines Kachelofens aus dem Chörleinzimmer wiederentdeckt, der für den Besuch Kaiser Friedrichs III. im Jahr 1485 angeschafft worden war.

Eine Sensation!«, verkündete Fink mit stolzgeschwellter Brust.

Als sie das Haus nach einem ausführlichen Rundgang, der sie bis unter das Dachgebälk geführt hatte, wieder verließen und durch den Ausgang schlenderten, fiel Paul eine kleine Steinplatte auf, die in den verputzten Torbogen eingelassen war.

Fink folgte seinem Blick. »Du kommst nicht drauf, was das ist.«

Paul sah näher hin und nahm kaum lesbare Inschriften wahr.

»Ein Grabstein«, verriet Fink. »Er stammt aus dem Jahr 1334, gehört zu einer gewissen Frau Gutlin und wurde in früheren Baubeschreibungen zwar erwähnt, geriet dann aber in Vergessenheit. Wir präsentieren ihn jetzt wieder der Öffentlichkeit, obwohl wir so gut wie nichts über die Hintergründe wissen. Wann, weshalb und auf welchem Weg der Grabstein vom ehemaligen Jüdischen Friedhof am Laufer Schlagturm in den Pfarrhof kam, ist nämlich nicht bekannt.«

»Aber du hast sicherlich eine These dazu«, nahm Paul an.

Fink neigte seinen mächtigen Kopf. »Die Mauer, in die der Stein nachträglich eingebracht wurde, ist von 1450. Ich tendiere zu einer späteren Verbringung zur Zeit der letzten großen Sanierung des Pfarrhofes um 1514, möglicherweise angeordnet von Propst Pfinzing.«

»Propst Pfinzing?«

»Der sagt dir nichts? Eine Wissenslücke! Melchior Pfinzing ist eine unglaubliche Person gewesen. Mit Dürer befreundet, fielen in seine Zeit einige wesentliche Umgestaltungen in der Kirche, nicht zuletzt die Fertigstellung des

Sebaldusgrabes.« Er schmunzelte vieldeutig, als er fortfuhr: »Es kommt noch besser: Die Tür unterhalb des Grabsteins war mit mehreren Schlössern gesichert und führte in einen kleinen, dunklen Raum. Von dort aus ging eine Wendeltreppe bis hinauf in den Pfinzing-Saal, den man über einen Geheimgang betreten und verlassen konnte. Nimmt man das alles zusammen, beginnt die Phantasie zu arbeiten. Wer hatte hier was zu verbergen, und welche Rolle spielte diese Frau Gutlin?«

Auch Pauls Phantasie wurde durch Finks Ausführungen beflügelt. Er dachte an längst vergangene Zeiten und an Franz Schmidt, den Henkermeister. Paul machte sich bewusst, dass er über diese historische Figur bisher so gut wie gar nichts wusste – außer dass Schmidt Hunderte Exekutionen durchgeführt hatte.

»Warum schaust du so nachdenklich?«, wollte Fink wissen. »Wegen der alten Geschichten?«

»Wegen *einer* alten Geschichte«, präzisierte Paul und sprach seinen Freund auf die Mordserie und Henker Schmidt an.

Natürlich wusste Fink bei seinem ausgeprägten Faible für Stadtgeschichte und speziell ihre archaischen Aspekte sofort, um wen es ging. »Über diesen Schmidt könnte ich dir allerhand erzählen. Denn im Gegensatz zu manchem Rätsel, das das Pfarrhaus umgibt, ist das Leben des Henkermeisters gut dokumentiert, quasi ein offenes Buch.« Er nickte in Richtung seines Nachfolgers. »Auch Wolf interessiert sich übrigens sehr für die düsteren Seiten der Stadthistorie. Nicht war, Jens? Du hast dich diesbezüglich schon in meiner Bibliothek bedient.«

Wolf, der sich kaum mehr am Gespräch beteiligte und sich im Hintergrund hielt, bestätigte das mit einem leichten

Nicken. »Ich stehe aber noch ganz am Anfang und arbeite mich gerade erst ein. Mit dem Wissen meines geschätzten Amtskollegen kann ich bei Weitem nicht mithalten.«

»Danke für die Blumen«, sagte Fink, »aber auch ich bin in solchen Dingen – streng genommen – ein Laie. Wenn du echten Expertenrat suchst, wende dich am besten an den Verein Geschichte für Alle, erstklassige Leute.« Er schnippte mit den Fingern. »Oder noch besser, Paul, unterhältst du dich mit Larry, einem treuen Gemeindemitglied.«

»Larry?« Wieder so ein Name, mit dem Paul nichts anfangen konnte.

»Lars ›Larry‹ Lößlein«, sagte Fink. »Von ihm kannst du alles erfahren, was es über Schmidt zu wissen gibt. Larry führt regelmäßig Gruppen durchs Museum am Henkersteg und kennt sich aus wie kein anderer.«

»Guter Vorschlag, ich würde gern mal mit ihm plaudern.«

»Dann versuch's später mal im *Goldenen Ritter* – Larry zählt zur Stammkundschaft und trinkt dort fast jeden Abend sein Feierabendbier. Du müsstest ihn dort eigentlich schon mal gesehen haben: nicht sonderlich groß, dafür umso wortgewandter. Um die sechzig, meistens lässig gekleidet, und er schiebt seine Lesebrille ins Haar, wenn er sie gerade nicht braucht.«

Paul merkte sich die Beschreibung und nahm sich vor, es gegen Abend in dem Gasthaus zu versuchen.

# 6

Nachdem er sein Fotostudio aufgesucht hatte, das nur einen Katzensprung vom Pfarrhaus entfernt lag, schulterte Paul die Tasche mit Kamera und Objektiven und durchquerte die Innenstadt. Er wählte den kürzesten Weg durch die U-Bahn-Unterführung beim Karstadt und die Verbindungsgässchen zwischen den großen Einkaufsstraßen.

Vor dem Haus des Christlichen Vereins Junger Menschen, auf dessen schlichter grauer Front die großen Lettern »CVJM« angebracht waren, blieb Paul stehen. Von hier aus hatte er einen idealen Überblick und konnte das bevorzugte Terrain der Skater, das bis zum schneeweißen Torbogen der Straße der Menschenrechte reichte, gut einsehen.

Ein munteres Völkchen, das da auf Skateboards, Rollern und Kunsträdern unterwegs war. Schüler, Mädchen und Jungs, die meisten mit weit fallenden Shirts und Baseballcaps auf den Köpfen, aber auch ein paar Ältere, viele von ihnen mit Bärten, wie sie jetzt wieder angesagt waren.

Paul wusste nicht, wie sein Zielobjekt aussah. Deswegen entschloss er sich dazu, erst einmal ein paar allgemeine Fotos aus der Distanz zu schießen. Später könnte er sich dann immer noch näher heranpirschen und mit etwas Glück den ein oder anderen Gesprächsfetzen auffangen. Sollte der Name Marvin fallen, würde sein Plan aufgehen.

Gerade zog er den Reißverschluss seiner Kameratasche auf, als er auf eine Frau aufmerksam wurde, die ebenfalls vor dem CVJM stehen geblieben war und in seine Richtung sah. Kaum dass sich ihre Blicke trafen, wandte sie sich ab und studierte einen Aushang in der Scheibe des Veranstaltungshauses.

Paul stutzte. Kannte diese Frau ihn etwa? Und umgekehrt? Sie war mittelgroß, um die dreißig und hatte schulterlanges, dunkles Haar. Er meinte sich vage an sie zu erinnern, konnte sie aber nirgends zuordnen. Ehe er dazu kam, weiter darüber nachzudenken, löste sich die Frau von dem Schaufenster und ging weiter.

Paul setzte ein Teleobjektiv an den Bajonettverschluss seiner schon recht abgenutzten Nikon und begann mit der Arbeit. Zunächst nahm er kleinere Gruppen ins Visier und fing einige kunstvolle Manöver ein. Anschließend konzentrierte er sich auf einzelne Akteure und machte Bilder von Sprüngen, besonders engen Kurvenfahrten und sogar von einem vollendeten Salto. In der Skatersprache hießen all diese Tricks gewiss anders, doch solange er Distanz hielt, würde er sein Wissen darüber nicht erweitern können.

Aus diesem Grund überquerte Paul die Straße und positionierte sich näher am Geschehen. Das kam nicht nur der Perspektive zugute – der Wechsel erlaubte ihm auch kürzere Belichtungszeiten, die wiederum für eine bessere Schärfe bei schnellen Bewegungen sorgten.

Paul fertigte nun ganze Bilderserien an, tolle Aufnahmen, die das Können und das Talent dieser jungen Leute zur Geltung brachten. Schade eigentlich, dass er keine richtige Verwendung für diese Fotos hatte, außer dass sie ihm für seine Privatermittlungen von Nutzen sein könnten. Eigentlich hätten sie es verdient gehabt, als Bilderstrecke in der Zeitung oder einem Onlineportal veröffentlicht zu werden.

Diesen Gedanken hegte wohl auch der hochgeschossene junge Mann mit dem raspelkurzen blonden Haar, der – sein

Skate lässig unter den Arm geklemmt – auf Paul zuging und ihn ansprach: »Bist du von der Presse?«

Paul schätzte ihn auf fünfzehn, höchstens sechzehn Jahre. Er hatte ein aufgeschlossenes Gesicht und klare blaue Augen. »Ich bin freier Fotograf«, antwortete Paul. »Aber ja, ab und zu landen meine Bilder in der Zeitung.«

»Cool.« Der schlaksige Junge musterte die Kamera. »Die macht bessere Fotos als ein Smartphone, oder?«

»Klar«, bestätigte Paul. »Handykameras werden zwar immer besser, aber gegen eine professionelle Optik wie meine kommen die kleinen Linsen natürlich nicht an.«

Sein Gegenüber nickte anerkennend. »Wenn du willst, können wir dir einen Kickflip oder Bigspin zeigen. Dann kannst du uns dabei fotografieren.«

Paul wusste nicht, worum es sich dabei handelte, sagte aber gleich zu: »Das wäre klasse.«

»Warte kurz, ich frage die anderen.«

Paul sah ihm nach und verfolgte, wie der Junge eine Gruppe Gleichaltriger ansteuerte und dabei auf ihn zeigte. Daraufhin richteten sich neugierige, aber auch kritische Augenpaare auf Paul. Besonders ein Mädchen mit neonfarbenem Flatterband im Haar wirkte skeptisch.

Gleich darauf war der Junge wieder da. »Geht klar«, sagte er und erklärte Paul, was sie ihm bieten wollten.

Paul machte sich bereit und bekam reichlich Futter für seine Linse geboten. Die jungen Skater holten alles aus ihren Brettern heraus. Zwischendurch erhielt Paul die passenden Erklärungen für das, was sich vor ihm abspielte. Auf diese Weise lernte er einiges über Grabs, einem Trick, bei dem man das Board mit der Hand greift und zur Seite, nach vorn oder nach hinten zieht, und über Grinds, bei denen eine Bordsteinkante oder ein ähnliches Hindernis dazu dient, um darauf zu »sliden«. Die Mädchen und Jungs legten Wert darauf, zur Szene der Streetskater gezählt zu werden. Sie benutzten nur Hindernisse, die ohnehin im städtischen Raum vorhanden waren, wie Treppen, Geländer, Mauern oder Rampen, kamen also ohne extra angelegte Hindernislandschaft aus.

Nach mehreren Runden fassten auch die anderen Skater Vertrauen und sammelten sich um Paul, um auf dem Display der Kamera einige seiner Fotos anzusehen.

Selbst die vorhin so skeptische Skaterin mit dem Neonband zeigte sich beeindruckt und fragte: »Kriegen wir die Fotos?«

»Gern«, sagte Paul und zog eine Karte aus seiner Tasche. »Schreib mich an, dann schick ich dir einen Link zum Download. Du kannst die Fotos dann mit deinen Freunden teilen.«

Das Mädchen nahm die Karte, schaute sie sich kurz an und steckte sie ein. »Danke«, sagte sie.

Die Gruppe um Paul löste sich nun schnell wieder auf. Ehe auch das Mädchen verschwand, fragte er sie so beiläufig wie möglich: »Habt ihr eigentlich auch einen Marvin in eurer Truppe?«

»Marvin?« Der kritische Blick war plötzlich wieder da.

»Marvin Abelein. Kennst du ihn?«

Das Mädchen nickte so kurz, dass es kaum wahrnehmbar war. »Kommt ab und zu hierher. Gehört aber nicht zu unserer Clique.«

»Ist er heute auch hier?«

Wieder ein flüchtiges Nicken. Dann ein kurzer Fingerzeig. »Dahinten. Direkt vor dem alten Museumstrakt.«

Paul reckte den Hals und sah einige Leute in lässiger, etwas abgewrackter Kleidung, die alle etwa zehn Jahre älter als diejenigen waren, die er gerade fotografiert hatte.

»Ist es der mit den Rastalocken?«, tippte Paul, woraufhin seine Informantin ein drittes Mal zustimmte.

»Jetzt muss ich aber los«, sagte sie und schnappte sich ihr Board.

»Danke dir«, rief Paul ihr nach. »Und denk dran, dich wegen der Bilder bei mir zu melden.«

# 7

Mit einer Ausbeute von dreihundertsiebzehn Fotos, ein paar frischen Eindrücken von der Nürnberger Skaterszene, jedoch keinen nennenswerten Erkenntnissen zu Marvin und dessen Rolle im Fall der kopflosen Braut im Gepäck schlug Paul den Weg zurück zum Weinmarkt ein, wo er in seinem Atelier die Bilder auswerten wollte – in der Hoffnung, doch noch irgendetwas von Belang zu finden.

Wie es ihm in dieser Stadt öfter passierte, traf er unterwegs auf einen Bekannten. Nürnberg ist eben doch nur ein größeres Dorf, stellte Paul mal wieder fest und grüßte Victor Blohfeld. Der hagere Boulevardreporter, dessen speckiger Trenchcoat bestimmt schon zehn Jahre oder älter sein musste, trug wie Paul eine Kameratasche über der Schulter.

»Hab's eilig, Flemming«, raunzte Blohfeld ihn im Vorbeigehen an. »Bin seit einer Viertelstunde verabredet.«

»Wo denn?«, erkundigte sich Paul, der den Reporter schon länger nicht mehr gesprochen hatte.

»Am Burgberg«, antwortete Blohfeld kurz angebunden.

»In diese Richtung muss ich auch«, sagte Paul und schloss sich ihm an. »Wen treffen Sie?«

Blohfeld reagierte nicht sofort. Er wog wohl ab, ob er Paul in seine laufenden Recherchen einweihen sollte oder nicht. Doch dann – sie passierten gerade die Fleischbrücke – wurde der Reporter zugänglicher und verriet, dass er unterwegs zu einem Date mit einem befreundeten Kriminaltechniker sei.

»Ein Routinetreffen? Oder geht es um was Konkretes?«

»Letzteres, mein Lieber. Sie haben bestimmt schon von den Schmidt-Morden gehört.«

»Oh«, sagt Paul. »Ja, daran kommt man in diesen Tagen kaum vorbei.« Paul fragte sich, ob Blohfeld wusste, dass er das zweite Mordopfer entdeckt hatte.

Offenbar nicht, denn die Frage, die Blohfeld ihm stellte, zielte in eine andere Richtung: »Was erzählt man sich im Hause Flemming-Blohm denn so über diese Sache? Liegt der Fall in den Händen Ihrer Frau, der werten Oberstaatsanwältin?«

»Sie ist involviert, aber wenn Sie auf Informationen von mir hoffen, muss ich Sie enttäuschen. Sie wissen ja, wie verschwiegen Katinka ist, wenn es um vertrauliche Dienstangelegenheiten geht.«

»Schon klar«, entgegnete Blohfeld und ließ erkennen, dass er Paul das nicht abnahm. »Vorschlag: Sie dürfen dabei sein, wenn ich gleich meinen Informanten treffe. Im Gegenzug verraten Sie mir, was Sie wissen.«

Paul wog ab: Ein Gespräch mit jemandem aus dem inneren Kreis des Ermittlerteams konnte sich durchaus lohnen. Wenn er dafür Blohfeld gegenüber einige Wissensbrocken über die Aussagen von Brautjungfer Marie fallen lassen würde, wäre das nicht schädlich. »Hat Ihr Informant denn nichts dagegen, wenn noch jemand mithört?«

Blohfeld winkte ab. »Karl ist ein alter Hase. Der kennt seine Pappenheimer. Entweder Sie gefallen ihm, dann dürfen Sie bleiben. Oder eben nicht, dann platzt unser Deal, und Sie verschwinden. So einfach ist das.«

Der Treffpunkt lag in der Radbrunnengasse: Die *Weinstelle* entpuppte sich als winzige, ungemein stilvolle Weinschenke, deren Wirt sich auf ungefilterte Bioprodukte aus Frankreich spezialisiert hatte. An einem der hochbeinigen

Tische saß ein Mann undefinierbaren Alters auf einem Barhocker, vor sich ein bauchiges Glas Wein, hinter sich ein Plakat mit der Ansicht eines pittoresken Weinbergs. Der übergewichtige Mann steckte in einem schlecht sitzenden Anzug. Aus seinem aufgeschwemmten Gesicht schauten Paul zwei hellwache Augen neugierig an.

»Karl, das ist Paul«, sagte Blohfeld und legte seinen Trench auf einen der Hocker. »Paul, das ist Karl.«

Damit war die Vorstellungsrunde auch schon beendet. Paul hatte – wie auch immer – offenbar den Aufnahmetest bestanden und durfte bleiben. Kaum saßen sie, trat der Wirt hinter dem Tresen hervor und legte ihnen eine übersichtliche Karte vor.

»Die kannst du gleich wieder mitnehmen«, sagte Karl. »Die zwei nehmen das Gleiche wie ich: den Roten aus dem Languedoc. Mir bringst du bitte auch noch so einen. Und die Rechnung geht am Schluss an meinen Freund.« Bei diesen Worten klopfte er Blohfeld aufs Knie.

Paul hatte nicht den leisesten Schimmer, welche Absprachen es zwischen Blohfeld und Karl geben mochte. Das Vertrauen, das der Kriminaltechniker dem Reporter entgegenbrachte, musste enorm sein, denn Blohfeld ging mit seinen Fragen sogleich ans Eingemachte – und bekam Antworten.

»Ich brauche etwas über die Tatwaffe. In der Mitteilung eurer Pressestelle steht nur etwas von einem ›scharfklingigen Gegenstand‹. Abgesehen davon, dass es das Wort ›scharfklingig‹ überhaupt nicht gibt, können meine Leser mit solchen Abstraktionen sowieso nichts anfangen. Also, Karl, was war das für ein Ding, mit dem unser Mörder die beiden Auserwählten einen Kopf kürzer gemacht hat?«

»Ein Schwert«, verriet Karl ohne zu zögern.

»Das ist mal etwas anderes als die üblichen Mordwerkzeuge«, freute sich Blohfeld. »Wo bekommt man so etwas her? Aus dem Waffenladen?«

»Möglich. Dieses spezielle Schwert aber nicht. Das gibt es, wenn überhaupt, bei einem spezialisierten Antiquitätenhändler für Militaria.«

»Ein altes Schwert also.«

»Sehr alt sogar. Ich würde dafür zwar nicht meine Hand ins Feuer legen, aber den metallischen Abrieben und dem Ergebnis der Isotopenanalyse nach zu urteilen handelt es sich um ein echtes Ulfberht.«

Karl sah Blohfeld und Paul so an, als müssten sie diesen Begriff zuordnen können und sich beeindruckt zeigen. Da sie das nicht taten, holte er zu einer Erklärung aus – aber erst, nachdem er die Hälfte seines zweiten Glases mit zwei kräftigen Schlucken geleert hatte.

»Ulfberht galt anno dazumal als Gütesiegel für Schwerter, eine Markenschmiede des neunten Jahrhunderts. Originalschwerter trugen den Namen ihres Erschaffers in großen Lettern als Inschrift auf der Klinge. Knauf, Knaufplatte und Parierstange waren meist detailliert mit Messing und Silber verziert, auch davon fanden wir Partikel in den Schnittwunden der Opfer.«

»Eine weitere Parallele zu Henkermeister Schmidt?«, fasste Paul nach. »Könnte er ein solches Schwert besessen haben?«

Karl fand das keineswegs abwegig. »Über Jahrhunderte waren Ulfberht-Schwerter überaus begehrt, es ist also davon auszugehen, dass sich auch Schmidt für eine solche Waffe interessiert haben könnte.«

»Was macht dieses Schwert so besonders?«, fragte Blohfeld, der fleißig mitschrieb.

»Die Klingen waren ausgesprochen scharf, hart und elastisch zugleich. Und sie hielten mehr Hiebe aus als herkömmliche Schwerter – praktisch für einen Scharfrichter, der sein Werkzeug häufig benutzte. Außerdem waren diese Schwerter leicht.«

»Wo kamen sie her?«

»Darüber gehen die Meinungen der Historiker auseinander, aber vieles spricht für eine Produktionsstätte im Reich der Franken. Allein der Schriftzug ›Ulfberht‹ – das ist ein fränkischer Name in lateinischer Schrift. Fest steht, dass die Klingen von einer Qualität waren, wie sie sonst in Europa zu dieser Zeit nicht vorkam.« Wieder ein ausgiebiger Schluck Wein. »Ich habe mich mit der Fachliteratur befasst und bin echt beeindruckt: Bei der Untersuchung eines Ulfberht-Schwertes unter dem Mikroskop findet man keinerlei Einschlüsse von Schlacke im Metall, was für den hohen Qualitätsstandard der Schmiede spricht. Auch der Gehalt an Kohlenstoff ist höher als bei anderen Waffen aus jenen Jahren. Die Hersteller müssen wahre Hightech-Künstler gewesen sein.«

»Was spielt das für eine Rolle?«, fragte Blohfeld.

»Der Kohlenstoff? Die richtige Menge macht Eisen zu Stahl. In damaligen Zeiten gelangte er ins Eisen, indem das Feuer mit Kohle angeheizt wurde oder Knochen darin verbrannt wurden, was ziemlich tricky war. Kurzum: Vieles spricht dafür, dass ein Ulfberht-Schwert als eines der bevorzugten Werkzeuge von Henker Schmidt gedient hat.«

»Und für dessen modernen Nachahmer ...«, merkte Paul an.

»Möglicherweise. Wir haben jetzt auch einen externen Archäometallurgen hinzugezogen und ihm Proben aus der Schnittwunde der Opfer zur Verfügung gestellt – in der

Hoffnung, dass sie groß genug sind, um auf Art und Alter der Waffe rückschließen zu können und unsere Vermutung damit zu bestätigen. Eine Vergleichsprobe aus dem Bestand des Germanischen Nationalmuseums steht dafür zur Verfügung.«

»Hoffentlich klappt's«, meinte Paul. »Die alten Schwerter selbst schweigen ja leider.«

»Das trifft nicht ganz zu«, widersprach Karl. »Zieht man ein Ulfberht-Schwert aus der Scheide, gerät das Metall in Schwingungen. Man könnte meinen, es singt. Ein beeindruckender Effekt.«

Paul war wie elektrisiert. Ein singendes Schwert! Hatte Brautjungfer Marie nicht einen solchen Klang beschrieben? Hatte sie nicht gesagt, sie habe ein metallisches Flirren gehört, kurz bevor ihr schwarz vor Augen wurde? Paul erschien es nun noch wahrscheinlicher, dass der Mann, der sich Schmidt nannte, tatsächlich mit einem Exemplar dieser altertümlichen Waffe tötete.

Blohfeld konnte nichts von Pauls Erfahrung wissen, daher fuhr er ungerührt fort: »Was Neues aus der Forensik? Blutspuren, Haare, Hautreste – habt ihr mittlerweile etwas Handfestes herausgefunden, das über das bereits Bekannte hinausgeht?«

Karl stöhnte leise auf. »Was im Krimi unproblematisch gelingt, ist im wahren Leben ein diffiziles Geschäft. Für den genetischen Fingerabdruck benötigen wir ausreichend DNA, doch sie ist ein fragiles Konstrukt. Wenn es warm und feucht ist wie in den Burggärten, zerfällt sie rasch und wird damit unbrauchbar.«

»Wie es heißt, habt ihr aber doch verwertbares Erbmaterial gefunden – mehr als genug sogar«, insistierte Blohfeld.

»Trotzdem bleibt es ein mühsames Unterfangen. Die DNA muss aufwendig gereinigt und in einer Lösung mit einer Art Adapter versetzt werden. Das sind kurze Ketten aus Nukleotiden, die an die DNA-Fragmente andocken. Anschließend vervielfältigen Genetiker die Versatzstücke mithilfe von Enzymen, die schließlich dabei helfen, die Erbinformation auszulesen. Der Computer vergleicht die DNA-Sequenzen mit denen aus unserem Archiv. Was nicht einfach ist, da sogar bei sehr unterschiedlichen Menschen ...«

»Weißt du, wie das meine Leser interessiert?«, unterbrach Blohfeld unwirsch, worauf Karl nur mit den Schultern zuckte. »Gar nicht!«, sagte Blohfeld und schob den Barhocker zurück. »Aber wenigstens bei der Tatwaffe warst du eine Hilfe, alter Freund. Dafür hast du einen gut bei mir.«

Als sie die *Weinstelle* verließen, überlegte Paul noch immer fieberhaft, ob sich der Fall anhand der charakteristischen Tatwaffe lösen ließe. Er war so in Gedanken versunken, dass er Blohfelds Frage zunächst gar nicht verstand.

»Also«, sagte der Reporter, nachdem sie nun wieder unter sich waren. »Wie sieht es aus mit der Gegenleistung?«

Paul brauchte einige Sekunden, bis bei ihm der Groschen fiel, und ließ daraufhin durchblicken, dass die Ermittler am Tatort eben doch das genetische Profil von jemandem mit polizeilichem Eintrag festgestellt hätten. Er schränkte aber sogleich ein, dass es auch viele andere Spuren gebe.

Blohfeld fand es trotzdem interessant und wollte den Namen dazu hören.

»Den kenne ich nicht«, behauptete Paul.

»Man sieht es Ihnen an, wenn Sie lügen.«

»Ich kann Ihnen den Namen nicht geben, sonst komme ich in Teufels Küche.«

»Mal wieder Angst vor der eigenen Frau, Sie Pantoffelheld?« Blohfeld schüttelte den Kopf.

»Wenn Sie mich provozieren, erfahren Sie erst recht nichts von mir«, gab Paul zähneknirschend von sich.

Blohfeld lenkte ein, indem er Paul einen Vorschlag machte: »Wenn Sie mir den Namen des Verdächtigen nennen, kann ich versuchen, mehr über diesen Menschen herauszufinden. So wie ich Sie kenne, sind Sie daran ja mindestens so sehr interessiert wie ich. Als Journalist habe ich ganz andere Möglichkeiten, von denen Sie profitieren können.« Nebenbei ließ er die Bemerkung fallen, dass Paul sich selbstverständlich auf seine Diskretion verlassen könnte.

Paul ließ sich breitschlagen und nannte Marvins Namen. »Er hängt bei den Skatern am Germanischen Nationalmuseum ab, dort können Sie ihn finden. Mit der Polizei ist er wegen einer Drogensache zusammengeraten. Mehr weiß ich darüber nicht.«

»Das ist doch eine ganze Menge«, sagte Blohfeld und wirkte überaus zufrieden. »Ich wünsche Ihnen einen angenehmen Abend, Flemming.«

# 8

Mit Blick auf die Uhr fand Paul, dass er es nun im *Goldenen Ritter* versuchen könnte. Dort hoffte er auf den Gästeführer zu treffen, von dem Pfarrer Fink erzählt hatte. Von der Radbrunnengasse waren es nur ein paar Minuten zu Fuß bis zu seinem Stammlokal.

Jedes Mal, wenn Paul das hübsche alte Gebäude mit den blau lackierten Fensterrahmen und dem klassischen Chörlein im ersten Stock betrat, hatte er das Gefühl, nach Hause zu kommen. Und in gewisser Weise war der *Goldene Ritter* für ihn ja wirklich eine Art zweiter Wohnsitz. Seit zwanzig Jahren ging er hier ein und aus, oft begleitet von Katinka und Hannah. Dass er so gern kam, lag an Jan-Patricks guter Küche: Fränkisch mit dem besonderen Pfiff, dem gewissen Extra. Aber das war es nicht allein. Paul liebte die heimelige Atmosphäre und die Gemütlichkeit, die durch die tief liegenden Deckenbalken, die verwinkelte Architektur und das gedämpfte Licht erzeugt wurden. Über allem die Röstaromen von frisch gebratenen Nürnberger Würstchen.

Die fingerlange Spezialität der Stadt spielte auf der aktuellen Speisekarte des *Goldenen Ritters* allerdings keine Rolle, wie Paul feststellte, kaum dass er den Gastraum betreten hatte. Jan-Patrick fasste ihn am Ärmel und zog ihn in die Küche, einen im hinteren Teil des Gebäudes gelegener, langer, schmaler Raum, in dem sich mehrere Gesellen und Gehilfen drängten.

»Du musst unbedingt probieren«, sagte Jan-Patrick und wirkte dabei noch aufgedrehter als sonst. »Dein Urteil entscheidet über Sieg oder Untergang.«

Paul war es gewöhnt, von seinem Freund, dessen extravagante Kreationen wie Bratwurst-Lasagne oder Blaue Zipfel im Champagnersud legendär waren, mit kulinarischen Experimenten überrumpelt zu werden. Diesmal schien der Koch aber doch etwas zu dick aufzutragen. »Was soll ich denn probieren? Und warum legst du so viel Wert auf meine Meinung? Das hört sich ja beinahe so an, als wolltest du an einem Wettbewerb teilnehmen«, sagte Paul.

»Ja, ja, ja. Ein Wettbewerb. Genau darum geht es.« Er schnippte mit den Fingern, woraufhin ihm ein Lehrling einen Teller reichte, auf dem ein einsamer Kartoffelpuffer lag. Ganz ohne Beilage oder Dekoration. Nicht mal für ein Blatt Petersilie hatte es gereicht. Dafür sah der puristische Kartoffelpuffer ausgesprochen appetitlich aus: goldbraun, an den Rändern knusprig, in der Mitte fluffig und sämig.

»Seit wann bietest du Baggers an?«, erkundigte sich Paul.

»Frag nicht, sondern probiere!«, befahl Jan-Patrick und drückte ihm eine Gabel in die Hand.

Paul führte den Teller dicht unter seine Nase und erschnupperte das Aroma von richtig frischen Kartoffeln und Schmalz. Dann löste er mit der Gabel eine Ecke ab und ließ sich die gerösteten Kartoffelspäne auf der Zunge zergehen. »Sehr lecker«, lautete sein Urteil. »Locker, leicht und doch voller Geschmack.«

»Das freut mich, denn wenn es mit der Pflicht nicht hinhaut, brauche ich es mit der Kür gar nicht erst zu versuchen.«

»Du sprichst in Rätseln«, sagte Paul und ließ sich den Rest des Kartoffelpuffers schmecken.

»Am Wochenende steigt das Weinmarktfest«, erklärte Jan-Patrick noch immer etwas nervös. »Diesmal haben sich die umliegenden Wirte zu einer Art Contest entschieden:

Wir möchten im Straßenverkauf diverse Baggers-Variationen anbieten. Dazu geben wir Bewertungskarten aus, auf denen die Gäste abstimmen können, wer die besten Baggers macht.«

Paul wusste ja, wie ehrgeizig sein Freund war und dass er alles dafür geben würde, die Trophäe zu erringen. Gleichwohl schien ihm das Thema des Wettbewerbs ein wenig profan zu sein. »Wollt ihr die Baggers blank verkaufen? Ohne Beilagen?«

»Natürlich nicht«, entgegnete Jan-Patrick. »Es gibt den Klassiker mit Apfelmus oder Preiselbeeren, aber auch deftige Varianten mit Sauerkraut, Speck oder Pilzen. Salzig oder süß – Kartoffeln sind dermaßen vielfältig, dass einem alle Möglichkeiten offenstehen.«

»Hört sich vielversprechend an«, meinte Paul, wies allerdings auf die beachtliche Konkurrenz hin: »Es gibt einen Sternekoch am Platz, und dann ist da die *Alte Küch'n* ganz in der Nähe, die ja quasi ein Monopol auf die besten Baggers im Burgviertel hat.«

Jan-Patrick hörte das gar nicht gern, wie sich unschwer an seiner Miene ablesen ließ. »Was die können, kann ich schon lange«, gab er sich dennoch kämpferisch.

»Bevor es in Sachen Baggers-Contest ernst wird, kannst du ja deine Rezepte an deinem Stammpublikum ausprobieren«, leitete Paul den Themenwechsel ein. »Apropos: Kennst du einen Larry Lößlein?«

»Larry? Na klar kenne ich den«, antwortete Jan-Patrick sofort. »Kommt fast täglich hierher, um ein Rotbier zu trinken. Du müsstest ihm eigentlich schon mal begegnet sein – obwohl: Katinka und du, ihr zählt ja eher zur späten Kundschaft, während Larry immer am frühen Abend zwischen sechs und sieben aufkreuzt.«

Paul sah auf seine Armbanduhr: fünf vor halb sieben. »Ist er heute auch da?«

»Wenn, dann hockt er am Tresen. Schau doch mal nach«, riet ihm Jan-Patrick, woraufhin Paul die Küche verließ.

Er musste nicht lange suchen, denn an der Theke im besonders schummrigen Teil des Gastraums saß nur ein einziger Gast, der ein halb gefülltes Glas in der Hand hielt und die Augen auf eine Zeitung gerichtet hatte. Der Beschreibung nach – um die sechzig, salopp gekleidet, die Lesebrille ins Haar geschoben – handelte es sich um Fremdenführer Larry.

Paul stellte sich neben ihn. »Servus«, sagte er. »Ist hier noch frei?«

Larry machte eine einladende Geste und winkte Jan-Patricks Frau Marlen heran, die an den Zapfhähnen stand. »Kundschaft!«, rief er mit charismatisch rauer Stimme.

Paul zog einen der Barhocker zurück und setzte sich.

»Was darf's sein, Paul?«, fragte Marlen, woraufhin Paul ebenfalls ein Rotbier bestellte, den Klassiker der Nürnberger Braukunst.

»Sie sind Herr Lößlein, richtig?«, fragte er seinen Nebenmann.

Der andere sah ihn freundlich interessiert an. »Einfach nur Larry.« Er hielt ihm die Hand hin. »Und du bist der Paul?«

»Ja, Paul Flemming. Ich bin zwar Stammgast, sitze aber meistens einen Stock höher, in der Erkerecke.«

»Auch ein schönes Plätzchen«, fand Larry. »Was kann ich denn für dich tun?«

Paul, der den kleinen drahtigen Mann auf Anhieb sympathisch fand, schilderte ihm, wofür er sich interessierte, und schloss: »Man sagt, dass du dich mit diesem Thema auskennst wie kein anderer. Und da ja Henkermeister Schmidt gerade wieder für Schlagzeilen sorgt, möchte ich gern mehr über diesen Menschen erfahren.«

Larry klopfte auf die Zeitung, die vor ihm auf der Theke lag. »Dein Interesse wurde also durch die Mordserie geweckt. Ein bisschen sensationslüstern, was?«

»Ich habe meine Gründe«, versicherte Paul. »Leider gebührt mir die zweifelhafte Ehre, die zweite Tote gefunden zu haben.« Er erläuterte die Hintergründe.

»Und jetzt lässt dich dieses Thema nicht mehr los«, folgerte Larry. »Verstehe.«

»Über das Vorbild dieses irren Killers kann man zwar eine ganze Menge im Internet nachlesen, aber solchen Quellen traue ich nicht recht. Da ist mir das Gespräch mit einem Fachmann immer noch lieber.«

»Das ehrt mich«, gab Larry zurück. »Ich helfe gern, wenn ich kann. Bei mir bist du an der richtigen Adresse. Von mir kannst du ziemlich alles erfahren, was es über Schmidt zu wissen gibt.«

»Also dann.« Paul wandte sich ihm aufmerksam zu. »Ich bin ganz Ohr.«

Larry stieß mit seinem Glas gegen das von Paul. »Lass uns austrinken und Schmidt besuchen gehen. Mach dir selbst ein Bild von Nürnbergs bekanntestem Henker und seinem Leben!«

»Du meinst ...«

Larrys Augen leuchteten, und Paul spürte dessen Energie, ganz wie Fink es beschrieben hatte. »Na klar!«, sagte Larry begeistert. »Wir gehen ins Henkerhaus, dort erkläre ich dir alles, was du wissen möchtest.«

»Um diese Uhrzeit noch?«, wunderte sich Paul über den unerwarteten Vorschlag.

Larry zog einen Schlüsselbund aus seiner Jackentasche. »Ich habe die Schlüsselgewalt«, sagte er verschmitzt. »Mit mir an deiner Seite brauchst du dich nach keinen offiziellen Öffnungszeiten zu richten.«

Es war schon recht dunkel, als sie den Trödelmarkt querten und wenig später vor dem einstigen Quartier des Nürnberger Henkers standen. Zu ihrer Linken lag der Henkersteg, dessen hölzernes Giebeldach im schwachen Dämmerlicht besonders düster wirkte, fast schon unheimlich. Das Henkerhaus selbst, ein schmaler, dafür recht lang gezogener Bau mit gemauertem Turm, befand sich zur Hälfte auf einer Flussinsel, während der mittlere Teil wie eine Brücke die Pegnitz überspannte. Das Gebäude teilte sich das Eiland mit einer ausladenden Weide, deren Äste unheilschwanger im leichten Wind wogten. Bildete Paul sich das nur ein, oder wirkte dieses Ensemble heute Abend noch gespenstischer als sonst?

Larry schien Pauls Anflug von Gruselstimmung nicht zu teilen. Munter plaudernd öffnete er ihnen die Tür zum Henkerhaus, betätigte den Hauptschalter und tauchte das Innere des kleinen Museums in helles LED-Licht, das jeden potenziellen Geist augenblicklich vertrieb.

»Warst du schon mal hier?«

Paul verneinte.

»Wundert mich nicht. Das Henkerhaus führt leider ein Schattendasein in der Nürnberger Museumslandschaft. Es ist etwas versteckt gelegen und hat natürlich längst nicht so viel zu bieten wie die großen Mitbewerber. Nur wenige Tausend Besucher pro Jahr verirren sich hierher.«

Larry führte Paul an einer Wand entlang, an der Leuchtkästen mit Replikaten von historischen Stichen, Dokumenten und Erklärungstexten angebracht waren. »Du brauchst das nicht alles zu lesen«, riet er und lieferte Paul die Zusammenfassung: »Das Amt des Henkers hat es in Nürnberg von 1378 bis 1806 gegeben, also einen ziemlich langen Zeitraum. Erst nachdem Franken dem Königreich Bayern zugeschlagen wurde, ist die Folter und damit auch der Posten des Henkers abgeschafft worden.« Dass die Dienstwohnung des Henkers auf einer Insel gelegen habe, sei kein Zufall gewesen: Der Scharfrichter sollte nicht auf städtischem Boden leben – wer wollte schon einen Henker zum Nachbarn haben? »Das heißt aber nicht, dass diese Leute nicht anerkannt waren. Im Gegenteil, Franz Schmidt hat durchaus gesellschaftliches Ansehen genossen. Das, was er tat, war ja durch den Rat der Stadt legitimiert, und er pflegte auch enge Kontakte zur Kirche.«

»So?«, fragte Paul.

Larry nickte. »Dazu muss man wissen, dass Schmidt – wir nennen ihn auch gern ›Meister Franz‹ – im Laufe seiner Dienstjahre zwar Hunderte Menschen vom Leben in den Tod beförderte, aber auch eine humane Seite hatte und sich für Reformen starkmachte.«

»Wie das?«

»Schmidt ist die Abschaffung des Ertränkens von Frauen zu verdanken, das am Exekutionsplatz an der Hallerwiese bis 1580 praktiziert wurde. Er war offenbar strikt gegen diese Art der Strafe und tat sich mit dem Pfarrer von St. Sebald zusammen, um etwas zu verändern. Auf ihre gemeinsame Initiative hin wurde dieses barbarische Verfahren dann tatsächlich eingestellt.«

»Woher weiß man das?«

»Aus alten Chroniken. Aber die meisten Details kennen wir aus Schmidts Tagebüchern. Man erfährt daraus viel über seine Arbeit und die Rechtsgeschichte in Nürnberg.« Larry deutete auf ein paar Kopfhörer. »Einige Passagen haben wir für die Besucher einsprechen lassen.«

Bei ihrem Rundgang kamen sie an weiteren Schautafeln vorbei. An Mobiliar wie etwa im Dürerhaus mangelte es allerdings. Paul zeigte sich darüber enttäuscht, denn er hätte sich gern ein konkreteres Bild von Schmidts damaligen Lebensumständen gemacht.

Auch Larry bedauerte dies: »Leider ist wegen der Zerstörungen des Zweiten Weltkriegs keines der Originalteile mehr erhalten. Dank unserer leuchtenden Infokästen erfährst du trotzdem viele interessante Details. Zum Beispiel, dass der Helfer des Henkers ›Löwe‹ genannt wurde, weil er mit brüllender Stimme durch die Straßen lief und bekannt gab, wann wieder mal ein Delinquent hingerichtet oder an den Pranger gestellt werden sollte.«

»Um auf Schmidts Tagebücher zurückzukommen: Liegen diese vollständig vor?«, wollte Paul wissen.

»Nicht vollständig, aber in weiten Teilen«, klärte Larry ihn auf. »Ich habe sie mehrmals studiert und kenne verschiedene Passagen mittlerweile auswendig.«

»Dann bist du sicherlich auch über Schmidts bevorzugte Waffe im Bilde, also das Tötungswerkzeug, das er am häufigsten einsetzte.«

Larrys Lippen formten ein wissendes Lächeln. »Schmidt war ein Perfektionist und legte großen Wert auf präzise ausgeführte Arbeit.« Er deutete auf eine zeitgenössische Grafik, die einen knienden Delinquenten zeigte – hinter ihm Henker Schmidt, der mit einer schwertähnlichen, langschneidigen Waffe weit ausholte. »Hier musste der Schlag so präzise ausgeführt werden, dass der Kopf erst beim Fall des Torsos auf den Boden endgültig abgetrennt wurde.«

»Ein Schwert also ...«, murmelte Paul.

»Bevorzugt hat er das Schwert, ja«, bestätigte Larry. »Meister Franz vollzog auch Exekutionen mit dem Strang, dem Rad oder mit Feuer, je nach Vorgaben des Gerichts und der zu sühnenden Tat. Das Rädern zum Beispiel kam für Gewaltverbrecher in Betracht, Verbrennen für Falschmünzerei. Aber diese Arten des Tötens lagen ihm nicht, und auf seine Intervention hin wurden Strafen gnadenhalber häufig in die Vollstreckung durch das Schwert umgewandelt.«

»›Gnadenhalber‹ – seltsam, ein solches Wort in Zusammenhang mit einer Hinrichtung zu setzen.«

»Was ich sagen wollte, ist, dass er unnötige Qualen vermeiden und auf Nummer sicher gehen wollte, obwohl es eine Garantie für einen schnellen Tod in einem solchen Metier natürlich nie geben kann. Man denke nur an die vielen Geschichten über Enthauptete, die nach der Vollstreckung eine Zeit lang weitergelebt haben sollen. Berühmtestes Beispiel dafür ist der Pirat Klaus Störtebeker. Der Legende nach ist er nach der Exekution kopflos an elf Matrosen aus seiner Mannschaft vorbeigerannt, die daraufhin begnadigt wurden.«

»Eine gruselige Vorstellung.« Paul lief es eiskalt über den Rücken.

»Du sagst es. Von Schmidt sind solche Schauergeschichten allerdings nicht bekannt. Woraus sich schließen lässt, dass er sein Handwerk wirklich verstanden hat.«

Paul betrachtete noch einmal eingehend die kleine Zeichnung, die Schmidt mit erhobenem Schwert darstellte.

»Die stammt aus Gerichtsunterlagen von 1591 und ist die einzige verlässliche Darstellung des Scharfrichters«, erläuterte Larry.

»Kannst du mir Näheres über diese Waffe sagen, die hier zu sehen ist?«, bat Paul. »Ich habe gehört, Schmidt hat vornehmlich mit einem sogenannten Ulfberht-Schwert gearbeitet. Mit einer besonders leichten, dafür aber umso schärferen Klinge. Ist da etwas dran?«

Larry nahm diese Frage mit einem Blick auf, in dem etwas Spott mitschwang. »Da hat sich wohl wieder einmal ein Möchtegernhistoriker eine Theorie zurechtgeschustert. Aber ja: Möglich ist das, denn diese Art von Schwert war seinerzeit weit verbreitet. In den Tagebüchern wird das Wort ›Ulfberht‹ aber kein einziges Mal erwähnt.«

»Wäre diese Waffe überhaupt geeignet für eine Enthauptung?«

Larry schmunzelte. »Mit solchen Fragen bin selbst ich überfordert. Die hätte dir höchstens mein Vater beantworten können, wenn er noch leben würde. Er hat bis in die späten Neunzigerjahre die Metzgerei Lößlein in der Schweinauer Hauptstraße betrieben. Vielleicht sagt dir das noch was. Jedenfalls kannte er sich aus mit der Anatomie von Säugetieren und dem Werkzeug, das benötigt wird, um diese fachgerecht zu zerlegen. Aber wie du siehst, bin ich nicht in seine Fußstapfen getreten und muss bei dieser Frage leider passen.« Nach kurzem Nachdenken stieß er Paul an die Schulter und sagte: »Vielleicht habe ich einen kleinen Trost für dich. Komm, begleite mich in den Turm!«

Paul folgte ihm durch eine weitere Tür in einen Bereich, der ganz offensichtlich nicht für den Besucherverkehr freigegeben war. Dafür war es hier im Turm viel zu eng und dunkel.

»Wir benutzen das hier als Lager«, erklärte Larry und wies Paul auf ein verstaubtes Regal hin, das auf den ersten Blick wie aus einem überkommen Eisenwarenladen wirkte. Erst als Paul näher hinsah, begriff er, dass es sich um Folterwerkzeuge handelte.

Larry hob eines der mit Rost überzogenen Eisenteile hoch. »Das hier ist eine Garrotte, auch ›Würgeschraube‹ genannt. Und das da drüben nennt sich ›Spanische Spinne‹, eine Art Klammer, die an besonders empfindliche Körperstellen wie die Innenseiten der Oberschenkel geheftet wurde.«

Weiter oben in dem Lager entdeckte Paul eine Art monströses Gebiss aus Eisen. Wie er erfuhr, wurde es »Brustreißer« genannt und war weiblichen Delinquenten an die Brüste gesetzt worden, um diese zu verletzen oder gar auszureißen.

»Grauenhaft«, meinte er und wandte sich ab. All diese fürchterlichen Instrumente vermittelten ein bedrückendes Bild damaliger Gerichtsbarkeit. Er fragte sich, weshalb sie kein Bestandteil der offiziellen Ausstellung waren. »Sind das Originale aus Schmidts Zeit?«

»Originale sind es, doch sie lassen sich nicht exakt zuordnen. Daher haben wir vorerst darauf verzichtet, sie den Besuchern zu zeigen, und verweisen auf die Folterausstellung in den Lochgefängnissen.« Larry betrachtete die eisernen Zeitzeugen mit etwas Wehmut, als er hinzufügte: »Eigentlich schade drum, sie hier verstauben zu lassen. Es sind echte Schmuckstücke dabei, wenn man das in Anbetracht ihrer ursprünglichen Aufgabe so sagen darf. Vor allem auch diese stolze Hellebarde, die dort drüben an der Wand hängt.«

Paul warf einen Blick auf den gefährlich spitz zulaufenden Spieß und fragte: »Ein Ulfberht-Schwert ist nicht zufällig dabei gewesen?«

Larry lachte. »Wenn ich eines finde, bist du der Erste, der es erfährt.«

Sie verließen den Turm und gingen zum Ausgang.

»Danke für den interessanten Einblick«, sagte Paul, während Larry das Licht ausschaltete.

»Es war mir ein Vergnügen. Wenn du mehr Fragen hast über Meister Franz und seine Zeit: jederzeit gern!«

# 9

Voller neuer Eindrücke kehrte Paul nach Hause zurück und brannte darauf, Katinka all das zu erzählen, was er heute erlebt hatte. Außerdem hoffte er sehr, dass sie sich etwas Leckeres gekocht und ihm eine Portion übrig gelassen hatte, denn mit Ausnahme des kleinen Reibekuchens hatte er in den letzten Stunden überhaupt nichts zu sich genommen.

Zu seiner Überraschung stand Hannahs Fahrrad vor der Tür. In letzter Zeit war sie relativ häufig bei ihnen zu Gast. Aber das passte ja ganz gut, denn so konnte er auch sie auf den neuesten Stand bringen, was die Mordserie anbelangte.

Paul betrat den Flur, legte seine Jacke ab und schnupperte in der Hoffnung, er würde so etwas wie Bratenduft riechen oder zumindest den einer Fertigpizza. Doch da lag rein gar nichts in der Luft außer dem dezent teuren Parfüm seiner Frau.

Er rief laut nach Hannah und Katinka. Niemand antwortete. Trotzdem meinte er aus einem der Zimmer, die vom Flur abgingen, Geräusche zu hören.

Er drückte die Klinke der Schlafzimmertür und sah Katinka und Hannah neben dem Heizkörper an der anderen Seite des Raums werkeln. Hannah machte sich hockend am Thermostat zu schaffen, Katinka stand neben ihr, hatte die Lesebrille auf der Nase und hielt eine Art Gebrauchsanweisung in der Hand. Auf dem Bett lag der aufgeklappte Werkzeugkoffer.

»Hallo«, sagte Paul und trat näher.

»Pssst!«, machte Hannah.

»Stör uns jetzt nicht«, bekräftigte Katinka.

Paul sah Hannah eine Weile dabei zu, wie sie den drehbaren Thermostat abschraubte und durch einen neuen ersetzte, auf dem kurz darauf eine digitale Anzeige aufleuchtete.

»Darf man fragen, was die Damen da tun?«

Wieder machte Hannah bloß »pssst!«.

Katinka ließ sich immerhin zu einer knappen Antwort hinreißen: »Die kommen jetzt an alle Heizkörper. Dann sind sie vernetzt, lassen sich einzeln programmieren und sogar vom Handy aus steuern.«

»Aha. Und was bringt uns das?«

»Das ist praktisch und energieeffizient.«

»Kann ich die Temperatur dann etwa nicht mehr per Hand verstellen?«

Hannah richtete sich auf und warf ihm einen bösen Blick zu. »Mensch, Paul, ich tue euch hier gerade einen Riesengefallen. Mit diesen intelligenten Thermostaten spart ihr eine Menge Geld, außerdem helft ihr dem Klima.«

»Wenn du meinst …«

»Und als Nächstes schmeißen wir deinen alten Wecker raus«, kündigte sie mit Blick auf den Nachttisch an. »Du bekommst einen Tageslichtwecker mit Wake-up Light. Der simuliert den Sonnenaufgang und hat natürlich einen Sprachassistenten.«

Als sie sich nach getaner Arbeit einige Zeit später in die Wohnküche begaben, bekam Paul doch noch etwas zu essen: eine aufgewärmte Portion Nudeln mit einer Soße aus dem neuen Thermomix, den sich Katinka auf Hannahs Anraten hin gekauft hatte. Zugegeben: Die Soße schmeckte wirklich ausgezeichnet.

Paul begann mit seinem Bericht, doch schon bei der ersten Erwähnung von Marvin Abelein fiel Katinka ihm ins Wort: »Wie kommst du zu diesem Namen?«

»Man hat eben seine Beziehungen.« Paul vermied es, Hannah anzusehen, weil er sie nicht verraten wollte.

»Wie du meinst«, sagte Katinka eingeschnappt. »Aber ich sag's dir gleich: Bei dem kannst du dir die Mühe sparen. Streich ihn von deiner Verdächtigenliste.«

»Warum?«

»Über laufende Ermittlungen muss ich Stillschweigen wahren ...«

»Mom!«, protestierte Hannah.

Katinka, die diesen hehren Vorsatz in den eigenen vier Wänden schon lange nicht mehr befolgte, ließ durchblicken, dass der Skater mittlerweile von der Polizei einbestellt und befragt worden war. »Mit dem Resultat, dass er erstens Alibis für beide Tatzeitpunkte hat und zweitens in keinerlei nachweisbarem Verhältnis zu den Toten stand.« Wie seine DNA an den Tatort gekommen sein könnte, sei bislang nicht zu erklären. »Abelein hat bestritten, sich in letzter Zeit dort aufgehalten zu haben.«

»Wirkte er glaubwürdig?«, fasste Paul nach.

»Kann ich nicht beurteilen, ich war bei der Befragung ja nicht dabei und kenne nur den Bericht.«

Paul nahm das zur Kenntnis, doch sein Bauchgefühl verriet ihm, dass Marvin mehr mit der Sache zu tun hatte, als die Polizei ihm nachweisen konnte. Im Stillen nahm er sich vor, diese Spur trotz allem weiterzuverfolgen.

Als sich Hannah am späten Abend verabschiedete, erklärte sie: »Die Rechnung für die Montage der Thermostate schicke ich per Mail.«

»Das kannst du vergessen«, rief ihr Katinka hinterher. »So oft, wie du bei uns isst, sind wir längst quitt.«

Nachdem die Haustür ins Schloss gefallen war, sagte Paul: »Ist das wirklich nötig? Ich meine, diese ganze moderne Technik – wer braucht so etwas?«

»Wenn du nicht ganz von der Entwicklung abgekoppelt werden möchtest, musst du offen sein«, hielt Katinka dagegen.

Paul verzog den Mund. »Bis zu einem gewissen Grad sehe ich das ja ein. Ich fotografiere seit Jahren mit Digitalkameras und arbeite mit dem Computer. Beides hat meine Branche revolutioniert. Auf der anderen Seite: Die Stimmung und die Authentizität von analogen Fotos, die per Hand im Fotolabor abgezogen wurden, ist unerreicht.«

»Jetzt hör aber auf.«

»Es tut mir leid, aber ich stehe nun mal nicht auf all diesen technischen Schnickschnack. Man macht sich damit total abhängig. Was tust du zum Beispiel, wenn der Strom ausfällt?«

»Dann gehe ich ins Bett«, sagte Katinka und zog sich mit einem demonstrativen Gähnen ins Bad zurück.

Paul dagegen war noch nicht müde. Er setzte sich aufs Sofa, wo er es sich mit dem Notebook auf dem Schoß gemütlich machte. Er wollte seine Recherche über Henker Schmidt fortsetzen, denn nach wie vor suchte er nach Orientierungspunkten, die auch Schmidts Nacheiferer bei den Planungen seiner Bluttaten gedient haben konnten.

Laut Internetzeintrag wurde Franz Schmidt um 1555 in Hof geboren und am 14. Juni 1634 in Nürnberg begraben. Paul überflog die Stationen eines blutgetränkten Lebens: … Beruf des Scharfrichters war ihm vorbestimmt … Sohn eines Henkersknechts … Erfahrungen mit der Folter …

anatomische Erkenntnisse anhand von Leichnamen gesammelt ... erste Exekution ... 1578 Berufung in die Reichsstadt Nürnberg ...

Diese Fakten mochten wichtig sein, führten ihn in der Sache jedoch nicht weiter, da sich ihm das Wesen dieser historischen Figur nicht erschloss. Also setzte er die Suche so lange fort, bis er auf eine Studienarbeit stieß, die jemand ins Netz gestellt hatte und die sich mit dem Menschen Schmidt und seiner Persönlichkeit auf Basis seiner Tagebücher befasste. Die Abhandlung zog Paul sogleich in ihren Bann. Schnell bestätigte sich Larrys These, dass Schmidt alles andere als ein Sadist gewesen war. Der Henker hielt sich an die Gesetze, war sehr fromm und nahm Anteil am Schicksal seiner Opfer und deren Familien. Außerdem war er in seiner Freizeit als Heiler tätig und verdiente sich damit das Nürnberger Bürgerrecht – ungewöhnlich für einen Henker. Am Ende durfte er sogar das Henkerhaus verlassen, zog als anerkannter Arzt in die Obere Wörthstraße und bekam eine Grabstelle auf dem Nürnberger Rochusfriedhof zugesprochen.

Der Autor der Studienarbeit wies außerdem auf den Einfluss von Schmidts Wirken auf die Nachwelt hin, das sogar die Brüder Grimm inspiriert habe. Motive aus Schmidts Laufbahn konnten in etlichen literarischen Werken nachgewiesen werden. In einer Novelle Clemens Brentanos wurde Schmidt das Zitat in den Mund gelegt: »Ich kenne mein Schwert, es ist lebendig!«

Wieder das Schwert als Motiv. Bemerkenswert, fand Paul. Er scrollte bis zum Ende des Berichts, um den Namen des Verfassers zu erfahren, und stutzte, als er dort »Jens Wolf« las.

So hieß auch Hannes Finks Nachfolger im Amt des Pfarrers von St. Sebald. Ein Zufall? Wolf hatte doch behauptet, er würde sich erst seit Neuestem mit Franz Schmidt und seiner Zeit beschäftigen. Die vorliegende Arbeit war dagegen schon neun Jahre alt ...

Paul konnte sich keinen Reim darauf machen, nahm sich aber vor, der Sache bald auf den Grund zu gehen.

# 10

In seinem Studio am Weinmarkt hatte Paul die geeigneten Programme auf dem Rechner, mit denen er die Bilder, die er von den Skatern am Kornmarkt geschossen hatte, bearbeiten konnte. Sein Notebook zu Hause reichte für diese Arbeit, bei der er auch die kleinsten Details aus den Fotos herauskitzelte, nicht aus. Deshalb ging er gleich nach dem Frühstück los, um nachzuholen, was er längst hatte erledigen wollen.

Er bedauerte, dass er weder Hannes Fink noch dessen designiertem Nachfolger begegnete, als er über den Weinmarkt streifte – andernfalls hätte er Vikar Wolf gleich auf die Studienarbeit über Henker Schmidt ansprechen können.

Um seinem Glück auf die Sprünge zu helfen, ließ er sich kurz vor seinem eigentlichen Ziel auf einem der Stühle vor dem *Café Sebald* nieder und bestellte einen Milchkaffee. Von seinem Platz aus hatte er einen guten Blick auf das Geschehen. Kein Passant konnte ungesehen an ihm vorbeigehen.

Es war allerdings auch kaum jemand unterwegs, für Kundschaft in den umliegenden Antiquitätenläden und Kunsthandlungen war es noch zu früh. Mehr los war auf der Straße, durch die sich der Lieferverkehr schlängelte, unter anderem ein Kühltransporter mit Frischware für den *Goldenen Ritter*. Der Motor verbreitete knatternden Lärm und Dieselgestank.

Die Autos und Lastwagen störten das Bild des Weinmarktes, den sich Paul viel besser als verkehrsberuhigten Platz und Teil der Fußgängerzone vorstellen konnte. Er war sich sicher, dass dann auch mehr Laufkundschaft zum Flanieren vorbeikommen würde – und mehr Touristen. Doch das war ein heikles Thema. Von den Nachbarn seines Ateliers wusste er sehr wohl, dass etliche Kaufleute bei dem Gedanken an eine Sperrung des Verkehrs um ihre Existenz bangen müssten. Sie gaben sich überzeugt, dass ihre Kunden Wert darauf legten, direkt vor der Tür parken zu dürfen. So sahen es auch viele Mieter der Wohnungen über den Läden, die ihre Einkäufe nicht von irgendeinem weit abgelegenen Stellplatz nach Hause schleppen wollten. Sogar Jan-Patrick war hin- und hergerissen, welche Auswirkungen ein autofreier Weinmarkt auf die Zahl seiner Gäste hätte.

Wie dem auch sei: Paul freute sich schon allein deshalb auf das baldige Weinmarktfest, weil zumindest für diesen Zeitraum keine Autos zugelassen waren. Dann würden sich die Leute selbst ein Bild davon machen können, wie schön so ein Bummel über den Platz ohne Gehupe war.

Nachdem er seinen Kaffee ausgetrunken hatte, winkte er der Kellnerin und zahlte. Gemächlich ging er die letzten Meter bis zu dem Gebäude, in dessen oberstem Stockwerk sein Fotoatelier untergebracht war. Bevor er die Haustür öffnete, reckte er noch einmal den Hals, um einen Blick aufs Hauptportal der Sebalduskirche zu werfen, doch das Pfarrergespann machte sich heute rar.

Paul ging hinein, schaute im Briefkasten nach, ob sich außer Werbung auch etwas Wichtiges darin befand, und nahm die Treppe nach oben.

Im dritten Stock begegnete er Frau Rübsam, die so lange er denken konnte in der Mietwohnung unter seinem Studio wohnte. Die alte Dame – sie musste inzwischen deutlich über achtzig sein – wischte die Stufen in gekrümmter Haltung mit einem feuchten Lappen.

»Grüß Gott, Frau Rübsam«, sagte Paul laut, weil er wusste, dass sie nicht mehr so gut hörte. »Wieder mal beim Saubermachen? Sie wissen aber schon, dass das nicht Ihre Aufgabe ist. Wir alle zahlen mit unseren Nebenabgaben die Reinigung des Treppenhauses.«

Die alte Frau richtete sich auf und ließ den Lappen in einen Blecheimer fallen. »Das ist Pfusch, was dieser Putztrupp hier jede Woche abliefert. Bei denen geht das husch-husch, und schon sind sie wieder weg. Der ganze Dreck bleibt in den Ritzen und Spalten hängen. Schauen Sie, Herr Flemming, wie schmutzig das Putzwasser ist.«

Damit hatte Frau Rübsam nicht ganz unrecht. Auch Paul war aufgefallen, dass die Sauberkeit im Treppenhaus zu wünschen übrig ließ, seitdem der Vermieter den Dienstleister gewechselt hatte. Doch er störte sich auch nicht sonderlich daran. »Nichts für ungut, Frau Rübsam«, rief Paul ihr zu. »Um meinen Teil der Treppe kümmere ich mich aber selbst.«

»Das sollten Sie auch. Sonst macht das keinen guten Eindruck auf Ihre Kundschaft. Vorhin war ja wieder jemand da, der zu Ihnen wollte.«

Paul, der schon im Begriff gewesen war, weiterzugehen, hielt inne. »So?«, fragte er. »Wann soll denn das gewesen sein?«

»Ach, das weiß ich doch nicht. Ich schaue nicht so oft auf die Uhr.«

»So ungefähr?«

»Nun ja.« Sie wischte sich die Hände an ihrer Kittelschürze ab. »So gegen neun, würde ich sagen, vielleicht auch etwas früher.«

Paul überlegte. Hatte er einen Termin verschlafen? Soviel er wusste, stand für heute nichts in seinem Auftragsbuch. »Wer ist es denn gewesen? Haben Sie die Person gesehen?« Er vermutete den Besuch eines Bekannten. Blohfeld vielleicht.

»Aber nein, da bin ich noch in meiner Wohnung gewesen und habe dort Staub gewischt.«

»Woher wissen Sie dann ...«

»Das Knarren der Treppenstufen. Die, die zu Ihnen hinaufführen, sind besonders laut, die höre sogar ich.«

Paul bedankte sich für den Hinweis und stieg die Treppe weiter hoch, neugierig, ob da oben jemand auf ihn wartete.

Aber niemand stand vor der Tür seines Studios. Vielleicht, dachte Paul, hatte sich die alte Rübsam doch getäuscht.

Als er den Schlüssel ins Schloss steckte, fiel sein Blick auf einen Umschlag, der zur Hälfte unter der Tür hindurchgeschoben worden war. Paul bückte sich danach und ging mit dem Brief in der Hand ins Atelier. Dort, unter dem großen ovalen Oberlicht, sah er sich den Umschlag genauer an. Es stand kein Name darauf. Weder sein eigener noch der des Absenders. Das Kuvert bestand aus einer Art Kartonpapier und besaß die Hochwertigkeit einer Einladung zur Hochzeit oder Konfirmation. Von wem mochte das sein? Soweit er wusste, stand in seinem Bekanntenkreis keine Trauung an, und auch kein runder Geburtstag.

Mangels Brieföffner benutzte Paul einen Kugelschreiber, um die dicke Papierfalz aufzuschlitzen. Er entfaltete den Brief und nahm die geschwungenen, mit schwarzer Tinte niedergeschriebenen Buchstaben wahr. Im ersten Moment dachte er an einen bösen Scherz. Nur verzögert realisierte er, was er gerade in den Händen hielt.

Paul musste sich setzen.

Er merkte, wie seine Hände zitterten, während er die kurze Botschaft las, die zweifelsfrei für ihn bestimmt war:

*Werter Herr Flemming,*

*Ihr Interesse in Ehren: Nehmen Sie Abstand von weiteren Nachforschungen. Andernfalls würde es zu Ihrem Nachteil gereichen.*

*Hochachtungsvoll, Ihr ergebener*
*Franz Schmidt*

# 11

Paul stürzte die Treppe hinunter, und zwar beinahe buchstäblich, denn er hatte es dermaßen eilig, dass er ins Stolpern geriet und sich gerade noch so am Geländer festhalten konnte.

»Puh!« Das war knapp. Etwas langsamer nahm er die nächsten Stufen, doch kaum war er an der frischen Luft, meinte er, alles um ihn herum würde sich drehen.

Dass Paul sich nicht wohlfühlte, erkannte Jan-Patrick auf den ersten Blick. Genau in dem Augenblick, als Paul das Haus verlassen hatte und den Weinmarkt überqueren wollte, kam der Wirt vorbei und sah ihn besorgt an. »Du siehst gar nicht gut aus. Bist du krank?«, fragte er und stellte seine schweren Einkaufstaschen am Straßenrand ab.

Krank vor Angst, dachte Paul und sagte: »Um ein Haar wäre ich die Treppe runtergefallen.«

»Keine Kraft in den Beinen, was?«, mutmaßte der Küchenmeister und riet: »Du solltest dringend etwas zu dir nehmen. Komm mit in den *Goldenen Ritter*, dann setze ich dir etwas Feines vor.«

»Keine Zeit«, wiegelte Paul ab, denn er wollte schnell weiter.

»Bloß nichts überstürzen!«, mahnte Jan-Patrick, bückte sich nach einer der Taschen und entnahm ihr ein in Wachspapier eingeschlagenes, backsteingroßes Päckchen.

»Was ist das?«, fragte Paul und nahm einen nussig würzigen Geruch wahr.

»Ich habe dir doch vom Baggers-Wettbewerb erzählt. Um gegen die Konkurrenz anzukommen, möchte ich es mit

Käsebelägen probieren – in dünnen Streifen aufgelegt und durch die Pfannenhitze der Reibekuchen zart angeschmolzen.« Er wickelte einen Käseblock aus, der mit einer Kräuterrinde umhüllt war. Dann klappte er die Schneide eines Taschenmessers auf und schnitt für Paul ein Stück ab. »Der hier nennt sich Waldkäse. Mit gehackten Baumnüssen im milden Teig und Bärlauch und Waldmeister auf der Rinde. Gerade vom Markt geholt! Probier mal!«

Paul tat ihm den Gefallen. »Lecker«, sagte er, »aber als Baggers-Belag vielleicht etwas zu zahm. Da erwarte ich etwas Herzhafteres.«

Jan-Patrick packte einen anderen Käselaib aus. Dieser war mit roter Korbrinde und weichem Camembertflaum ummantelt und hinterließ einen cremig zarten Gesamteindruck. Doch auch ihm fehlte das gewisse Etwas, wie Paul fand. Daraufhin bekam er einen Span Brotgewürzkäse gereicht, aus dem er Fenchel, Kümmel und Koriander herausschmeckte.

»Vielleicht vertraue ich aber auch lieber auf strengere Bergkäse wie Greyerzer oder Appenzeller mit ihren würzig reifen Aromen«, wog Jan-Patrick ab.

»Du wirst sicherlich die richtige Wahl treffen«, gab sich Paul zuversichtlich, nahm einen weiteren Probierhappen an und drückte sich an seinem Freund vorbei. Er wollte nun keine weitere Zeit verlieren, sondern auf kürzestem Weg ins Polizeipräsidium.

»Kommst du nicht mehr mit ins Gasthaus?«, fragte Jan-Patrick.

»Nein, es geht wirklich nicht. Ein andermal gern.«

Bis zum Jakobsplatz hielt ihn niemand mehr auf. Im Nu bekam Paul seinen Besucherausweis, und zwei Minuten später stand er vor Jasmins Bürotür. Er klopfte zwar an, hielt sich aber nicht damit auf, ein »Herein!« abzuwarten.

Seinen Übereifer bereute er in dem Moment, in dem er das Büro betrat und sah, dass er in ein Meeting geplatzt war: Jasmin saß auf ihrem Stuhl, ihr gegenüber stand Hauptkommissar Winfried Schnelleisen, der beide Arme auf der Schreibtischplatte abgestützt hatte. Wie meistens trug er einen Anzug mit speckigen Ärmeln, das graue Haar hing ihm strähnig in die Stirn, und sein Gesichtsausdruck ließ vermuten, dass er gerade in eine Zitrone gebissen hatte.

»Oh, sorry«, sagte Paul und trat einen Schritt zurück. »Ich wollte nicht stören.«

»Flemming?« Schnelleisen sah ihn feindselig an. »Was haben Sie hier verloren?«

»Verloren? Nichts. Ganz im Gegenteil: Ich wollte etwas bringen.« Er hielt den Beutel mit dem Brief nach oben.

»Was soll das sein?«, blaffte der Kommissar.

»Ein Drohbrief. Ich habe ihn vor meinem Fotostudio gefunden.«

»Vom wem kommt der Brief?«, fragte Jasmin.

»Die Liste derjenigen, die gute Gründe dafür hätten, Herrn Flemming zu bedrohen, ist lang«, spottete Schnelleisen. »So gesehen könnte er auch von mir stammen.«

Paul schluckte diese Unverschämtheit kommentarlos hinunter, legte die kleine Tüte auf den Tisch und schob sie Jasmin zu. »Schau bitte selbst«, sagte er und versuchte den Hauptkommissar zu ignorieren.

Was nicht gelang. Denn ehe Jasmin Gelegenheit hatte, den Umschlag an sich zu nehmen, fuhr Schnelleisens Hand nach vorn und schnappte ihn sich. »Wollen wir doch mal sehen, mit was für einer Lappalie uns Herr Flemming heute kostbare Zeit stiehlt.«

»Obacht, die Fingerabdrücke«, merkte Paul an.

Doch Schnelleisen schien das egal zu sein. Er faltete einfach den Brief auseinander und las. Währenddessen wandelte sich sein säuerlicher Ausdruck in pure Heiterkeit. »Haben Sie den selbst geschrieben?«, fragte er und warf das Blatt zurück auf den Tisch. »Gar nicht übel, so ganz ohne Rechtschreibfehler.«

Nun konnte Paul nicht länger an sich halten. »Das muss ich mir nicht gefallen lassen. Ich habe ein Recht darauf, dass man der Sache nachgeht.« Er stellte sich dicht vor den deutlich größeren Ermittler. »Hiermit erstatte ich Anzeige gegen Unbekannt. Das können Sie nicht einfach ignorieren.«

Schnelleisen blieb gelassen. »Weswegen wollen Sie diesen ›Unbekannt‹ mit dem Kosenamen Schmidt denn anzeigen?«

»Dieser Irre bedroht immerhin mein Leben. Ist das nicht Grund genug?«

»Tut er das? Davon steht aber keine Silbe in dem Brief. Ich habe lediglich etwas von einem ›Nachteil‹ gelesen. Was soll das schon sein? Jedenfalls kein Anlass, damit die Polizei zu behelligen.«

Paul fehlten die Worte. Nicht nur, weil ihm die Kaltschnäuzigkeit dieses Mannes die Sprache verschlug. Ihm mangelte es schlichtweg auch an Gegenargumenten. Denn tatsächlich enthielt das Schreiben keinerlei konkrete Androhungen. Das Gefühl der Gefahr wurde lediglich unterschwellig vermittelt.

»Wie auch immer«, sagte Schnelleisen und wandte sich ab. »Wir sind ja so weit durch mit unseren Themen, Frau Stahl. Halten Sie sich nicht zu lange auf mit diesem Gschmarri.« Damit trat er durch den Türrahmen und verschwand im Gang.

»Ich kann nicht begreifen, wie du es mit diesem Tyrannen aushältst«, sagte Paul und ließ sich ermattet auf einen freien Stuhl auf der anderen Seite des Tisches sinken. »Diese höhnische Art und Selbstherrlichkeit – das könnte ich keine zwei Tage ertragen.«

»Wir sind ja nicht verheiratet«, entgegnete Jasmin.

»Das wäre ja auch noch schöner! Davon abgesehen ist das Verhalten deines Chefs im höchsten Maße unprofessionell«, echauffierte sich Paul. »Da läuft ein Serienmörder durch Nürnberg, der Frauen enthauptet, und es gibt keinerlei heiße Spuren. Dann taucht ein dritter Brief auf – doch was tut die Polizei? Sie kanzelt mich ab und stempelt mich mehr oder weniger zum Spinner ab, anstatt den Brief als Chance zu sehen, dem Täter auf die Schliche zu kommen.«

»Erstens: Bitte setze Schnelleisen nicht mit ›der Polizei‹ gleich. Das hieße, uns alle über einen Kamm zu scheren, was den meisten von uns nicht gerecht würde«, entgegnete Jasmin. »Und zweitens nimmt er deinen Hinweis schlicht und einfach nicht ernst. So wie ich ihn kenne, traut er dir wirklich zu, dass du den Brief selbst aufgesetzt hast.«

»Warum sollte ich?«

»Um dich wichtigzumachen und deine weitere Einmischung zu legitimieren.«

»Das ist ja wohl die Höhe.«

»Reg dich nicht auf, Paul. Schnelleisen und du, das ist wie Hund und Katz, wie ja leider hinreichend bekannt ist.«

Nun, da sich die Atmosphäre dank Schnelleisens Abwesenheit zusehends entspannte, nahm sich Jasmin den Brief vor. Sie zog ihn mit der Spitze eines Stiftes vorsichtig zu sich heran und vertiefte sich in die wenigen Zeilen. Dafür ließ sie sich Zeit.

»Und?«, fragte Paul voller Ungeduld. »Glaubst du etwa auch, ich hätte mir alles nur aus den Fingern gesogen und die Nachricht selbst verfasst?«

Jasmin antwortete nicht. Stattdessen betrachtete sie nun den Scan eines weiteren Schmidt-Briefs auf ihrem Computerbildschirm. Offensichtlich eines der Schreiben, die an den beiden Tatorten hinterlassen worden waren. Jasmins Blicke wanderten zwischen Pauls Brief und dem auf dem Monitor hin und her.

»Was sagst du?«, fragte Paul. »Die gleiche Schrift, oder?«

»Dräng mich nicht!«

Er hielt sich zurück und wartete geduldig ab. Jasmin verglich die beiden Schriftproben eingehend, vergrößerte den Bildschirmausschnitt und fuhr mit dem Zeigefinger über einzelne Buchstaben, als wollte sie die Zeichen nachmalen. Nach einer gefühlten Ewigkeit löste sie sich aus ihrer Konzentration und wandte sich Paul zu.

»Und?«, fragte er. »Zu welchem Urteil bist du gekommen?«

»Zu gar keinem«, lautete die ernüchternde Antwort. »Die beiden Briefe haben eine gewisse Ähnlichkeit, aber um eine wirklich stichhaltige Aussage treffen zu können, braucht es einen Graphologen.«

»Du willst dich also nicht darum kümmern?«

»Das habe ich nicht gemeint. Ich lasse den Brief und auch den Umschlag von den Kollegen der Kriminaltechnik untersuchen. Sollte beides tatsächlich von unserem Täter stammen, ergeben sich eventuell Hinweise auf dessen Identität. Obwohl ich da wenig Hoffnung habe, denn die ersten beiden Botschaften waren absolut steril. Nicht der kleinste Abdruck, kein Härchen, keine Hautschuppe. Nichts. Bei diesem Brief hier wird es – so fürchte ich – nicht anders sein.« Da Paul sie so enttäuscht ansah, fügte sie hinzu: »Wir sind dabei, die Tinte der ersten beiden Schreiben zu analysieren, um herauszufinden, um welches Fabrikat es sich handelt und wo man es erwerben kann.«

»Nach einem baldigen Durchbruch hört sich das nicht an.«

»Nein«, bestätigte Jasmin. »Erst recht nicht, wenn ich länger von unangekündigten Besuchern wie dir aufgehalten werde.«

Paul verstand den Wink. »Ich gehe ja schon. Aber eines möchte ich noch wissen: Wie werde ich geschützt? Stellt ihr mir einen Streifenwagen vor die Tür?«

Jasmins Lippen bildeten ein dünnes Lächeln. »Auch wenn es dir nicht gefallen wird, muss ich meinem Vorgesetzten in der Hinsicht zustimmen, dass dieser Brief keinerlei konkrete Androhungen von Gewalt enthält. Das ist eindeutig zu wenig, um einen Personenschutz zu rechtfertigen. Ist dir klar, wie teuer eine Rund-um-die-Uhr-Bewachung ist?«

»Es muss also erst etwas passieren, bevor die Polizei aufwacht«, gab Paul bissig zurück.

Jasmin blieb gelassen. »Wenn ich den Verfasser dieser Zeilen richtig verstehe, hast du es selbst in der Hand, der Gefahr aus dem Weg zu gehen: Halte dich ab jetzt einfach raus aus dem Fall.«

»Dein Ernst? Ich soll nachgeben? Einknicken?«, fragte Paul empört.

»Ich kenne dich lange genug, um zu wissen, dass du es nicht tun wirst. Aber dann musst du auch bereit sein, mit den Konsequenzen zu leben. Es ist an dir, Paul.«

# 12

Paul war ziemlich durch den Wind, als er das Präsidium verließ. Zur Enttäuschung über Jasmins Verhalten gesellten sich nun auch Selbstzweifel. Denn einen wahren Kern hatte ihre Aussage ja durchaus gehabt: Paul könnte allen Schwierigkeiten aus dem Weg gehen, indem er sich einfach zurücknahm und heraushielt. Das wäre nicht nur klug, sondern angesichts des Drohbriefs auch dringend geboten. Jetzt wäre der geeignete Zeitpunkt für einen Ausstieg, sah er ein, während er langsam an der Baustelle des Wöhrl-Modehauses am Ludwigsplatz vorbeistrich.

Tief in seinen Gedanken versunken, registrierte er zunächst nur beiläufig die Blicke der Frau, die zwischen den Tischen eines Straßencafés stand und zu ihm herübersah. Doch dann war er plötzlich hellwach: Es handelte sich um dieselbe Frau, die ihm neulich vor dem CVJM am Kornmarkt schon aufgefallen war. Auch diesmal war sich Paul sicher, dass er sie von irgendwoher kannte. Doch wieder fiel es ihm nicht ein.

Als Paul sie ansah, hielt sie für einige Momente seinen Blicken stand. Dann wandte sie sich abrupt ab und eilte davon. Er überlegte, ob er ihr folgen und sie ansprechen sollte, verwarf den Gedanken jedoch. Sicherlich nur ein Zufall, dass er der Frau zweimal in kurzer Folge begegnet war.

Beim nächsten bekannten Gesicht, das er einige Meter weiter sah, musste er nicht überlegen, woher er es kannte. »Blohfeld!«, rief er schon von Weitem. »Schon wieder Sie! Immer noch auf Skandalsuche?«

Dem Reporter schien es gerade recht zu sein, dass Paul ihm über den Weg lief. Spontan lud er ihn zu einem Kaffee ein.

»Wie großzügig«, sagte Paul. »Erst der Wein und heute ein kostspieliges Heißgetränk. Kennt man gar nicht von Ihnen. Wo soll's hingehen?«

»Wenn man in Nürnberg einen gepflegten Kaffee trinken will, dann am besten im *Café Beer*«, entschied Blohfeld und strebte in Richtung Breite Gasse.

Als sie sich in der Konditorei gegenübersaßen, umgeben von älteren Damen vor üppigen Tortenstücken und Blechkuchen mit mächtigen Sahnehauben, kam Blohfeld sogleich auf den Punkt: »Ich würde gern an unser Gespräch aus der Weinbar anknüpfen. Die Story um die kopflose Braut läuft prima, die Leute reißen uns die Zeitung momentan aus der Hand.«

»Leider ist nicht nur die Braut kopflos – ich bin es momentan nämlich auch«, gestand Paul seine Gefühlslage. »Diese Geschichte ist wirklich außerordentlich nervenaufreibend.«

»Jetzt übertreiben Sie mal nicht, Flemming. Sie sind doch ganz andere Dinge gewöhnt.«

Paul weihte den Reporter in das Schreiben ein, das unter seiner Tür gelegen hatte. »Aber bringen Sie darüber bloß nichts in Ihrer Zeitung und lassen Sie meinen Namen aus allem raus.«

»Ehrensache«, bestätigte Blohfeld. »Aus meiner Sicht ist das trotzdem kein Grund, den Kopf zu verlieren. Wenn Schmidt Ihnen droht, heißt das doch, dass Sie auf der richtigen Fährte sind. Also, stecken Sie den Kopf nicht in den Sand.«

»Meinen Sie wirklich?«

»Na klar!«, bekräftigte Blohfeld.

Wohl nicht ohne Eigennutz, reimte sich Paul zusammen, denn der Reporter hoffte sicher, durch ihn an frische Informationen zu kommen.

Und tatsächlich fragte Blohfeld keine Minute später: »Sie kamen aus Richtung Jakobsplatz, als wir uns begegnet sind. Waren Sie gerade zufälligerweise im Präsidium, Flemming?«

»Ja, um den Drohbrief abzugeben.«

»Irgendetwas aufgeschnappt?«

»Leider nein. Entweder tritt die Polizei bei den Ermittlungen auf der Stelle, oder es gibt Fortschritte, die sie mir vorenthält.«

»Und was sagt Ihre Frau? Lässt sie sich etwas entlocken?«

»Fehlanzeige. Ich kann Ihnen mit keinen Neuigkeiten dienen.«

Es machte den Anschein, als würde Blohfeld seine Einladung zum Kaffee bereuen. »Dann will ich Ihnen mal etwas Neues verraten. Ein Manko bei der Lösung des Falls besteht ja offensichtlich im fehlenden Motiv für die Taten. Dieses zu ermitteln ist umso schwieriger, weil sich die beiden Opfer offenbar nicht kannten und in keinerlei Beziehung zueinander zu bringen sind.«

»Stimmt, auf diesem Stand bin ich auch.«

»Hören Sie mir genau zu«, sagte Blohfeld und beugte sich vor. »Es existiert sehr wohl eine Verbindung. Ich bin darauf gestoßen, indem ich die Vitae beider Frauen genauer unter die Lupe genommen habe.«

»Was haben Sie entdeckt?«, fragte Paul gespannt.

»Die Lebensläufe der beiden überschneiden sich an einer Stelle: Theresa Wohlleben, das erste Opfer, hat in der

Verwaltung der Friedrich-Alexander-Universität in Erlangen gearbeitet, während Joana Vogelsang dort vor einigen Jahren ihren Master absolviert hat«, verkündete Blohfeld und sah Paul erwartungsvoll an.

»Das bedeutet, dass …«

»… dass sich beide Opfer für einen gewissen Zeitraum auf demselben Campus aufgehalten haben«, führte der Reporter den Satz zu Ende.

Paul nickte nachdenklich. »Das hört sich wirklich vielversprechend an. Aber welche Schlüsse lassen sich daraus ziehen?«

»Zunächst einmal den, dass sich die Frauen dort begegnet sein könnten. Möglicherweise kam es zu Gesprächen, Treffen oder sonstigem Austausch. Das gilt es nun herauszufinden.«

»Wie gehen Sie mit dieser Information um? Melden Sie es der Kripo?«

Blohfeld blickte ihn mitleidig an. »Wo leben Sie eigentlich, Flemming? Sie wissen doch auch, dass die Auflagen der Zeitungen in den Keller gehen. Unser Verlag hat ein Sanierungskonzept vorgelegt, wonach jede zweite Redakteursstelle gestrichen wird. Wir haben einige wenige Wochen Zeit bekommen, uns freiwillig zu melden und das Haus mit einem goldenen Handschlag zu verlassen. Ansonsten hagelt es anschließend betriebsbedingte Kündigungen.«

»Das beantwortet nicht meine Frage.«

»Ich gehe zwar davon aus, dass ich die kurze Zeit bis zur Rente überbrücken kann – aber können Sie sich mich ohne Schreibblock und Stift vorstellen?«

»Kaum.«

»Also lautet die Antwort auf Ihre Frage, dass ich mich der Sache selbst annehmen werde. Ich höre mich an der

Uni um und schreibe meinen Bericht. Anschließend kann sich gern die Kripo darauf stürzen, aber den zeitlichen Vorsprung lasse ich mir ganz gewiss nicht nehmen.«

Ich würde an Blohfelds Stelle nicht anders handeln, dachte Paul und trank seinen Kaffee aus.

# 13

Katinkas Arbeit beanspruchte sie heute mal wieder deutlich länger als geplant, sodass sie sich erst abends um kurz vor sieben bei Paul meldete und vorschlug, sich eine halbe Stunde später im *Goldenen Ritter* zu treffen, um dort gemeinsam zu essen. Das passte Paul gut, weil er ziemlich hungrig war und keine Lust hatte, sich daheim mit dem neuen Thermomix auseinanderzusetzen. Und es gab noch einen weiteren Grund: Bisher hatte er Katinka nichts von dem Drohbrief erzählt und Jasmin ihr sehr wahrscheinlich auch nicht, solange die Überprüfung der Authentizität noch lief. Würde er das Versäumte zu Hause nachholen, wäre die Sache schnell erledigt, denn sie würde ihm sicher das Versprechen abringen, unverzüglich jede Art der Nachforschung einzustellen, und nicht weiter mit sich reden lassen. Im Umfeld eines Lokals könnte ihre Reaktion etwas moderater ausfallen, hoffte Paul.

Jan-Patrick freute sich, seinen alten Freund so bald wiederzusehen. »Habe ich dich mit meinen Käseproben also nicht abgeschreckt? Umso besser!«

Katinka wirkte ein wenig abgekämpft, als sie eine Viertelstunde später als ausgemacht eintraf, um sich Paul gegenüber in der gemütlichen Erkernische niederzulassen. »Viel zu tun«, sagte sie, während sie ihren leichten Sommermantel über die Stuhllehne legte. Darunter trug sie einen figurbetont geschnittenen Nadelstreifenanzug, der ihre langen Beine gut zur Geltung brachte. Sie setzte sich, warf das blonde Haar zurück und blähte die Wangen auf. »Puh! Bin ich erledigt.«

»Dann wird dir ein kleiner Aperitif auf Kosten des Hauses sicher guttun«, befand Jan-Patrick und setzte ihnen zwei langstielige Gläser vor, in denen sich rötlich schimmernde Fäden durch eine goldgelbe Flüssigkeit zogen. »Perlwein mit einem Schuss Himbeerlikör aus der Fränkischen.«

Der Wirt ließ sie allein, ohne eine Bestellung für das Essen aufzunehmen. Paul vermutete, dass er sie mit einigen neuen Baggers-Variationen überraschen wollte. An Katinka gerichtet fragte er: »Liegt es an dem Serientäter, dass du so viel um die Ohren hast?«

»Nein, nein, das ist es nicht allein. Der übliche Wahnsinn halt«, blieb sie vage. »Bei dem Fall, der dich so brennend interessiert, hat der Tag kaum etwas Neues ans Licht gebracht. Es konnten zwar weitere DNA-Spuren isoliert werden, einen zweiten Treffer in der Datenbank hat es aber nicht gegeben. Auch tritt die SoKo auf der Stelle, was das Motiv für die beiden Morde betrifft, zudem ist es trotz Befragung der Angehörigen nach wie vor nicht gelungen, eine Verbindung zwischen beiden Opfern herzustellen.«

Paul biss sich auf die Zunge, weil er Blohfelds Spur zur Erlanger Uni zu gern preisgegeben hätte. Wahrscheinlich hätte Katinka diese Nachricht sofort an Jasmin oder einen der anderen Ermittler der Sonderkommission weitergegeben. Damit wäre Blohfelds Exklusivstory geplatzt. Paul wollte sein Wort ihm gegenüber nicht brechen und schwieg.

Er schwieg auch, als kurz darauf Hannah auftauchte. Als hätte sie geahnt, dass ihre Eltern hier zum Essen verabredet waren, lud sie sich selbst ein und setzte sich zu ihnen. Sie war ausgesprochen gut aufgelegt, machte Scherze über einige ihrer Kollegen beim Kulturamt und spielte dabei fröhlich mit ihren Locken.

Jetzt den Drohbrief aufs Tapet zu bringen wäre unpassend gewesen. Paul beschloss, das Thema aufzuschieben, zumal er inzwischen selbst zu zweifeln begann und sich vor seinen beiden Frauen nicht lächerlich machen wollte.

Wie vermutet kredenzte Jan-Patrick »Kartoffelpfannkuchen«, wie er sie diesmal ganz förmlich betitelte. Zuvor aber belehrte er sie über die unschätzbaren Vorzüge der Hauptzutat, nämlich der Knolle: »Kartoffeln sind ja so vielfältig«, schwärmte der Küchenmeister, als hätte er das erste Mal in seiner Laufbahn mit diesem Allerweltsgemüse zu tun. »Man kann sie braten, kochen, dämpfen, frittieren oder sogar als spiralförmig geschnittenes Band um einen Spieß wickeln: die Twister-Kartoffel, der neueste Schrei.« Daher wolle er die Kartoffel beim anstehenden Wettbewerb nicht allein auf Baggers reduzieren, sondern sie in ihrer ganzen Vielfalt darstellen. »Zum Beispiel als Kartoffelkugeln mit Waldpilzfüllung. Und als Kartoffelstrudel mit Zwetschgen und Mohn.« Das Beste dabei sei, dass der Rohstoff direkt vor der Haustür wachse, denn Franken sei ein wahres Kartoffel-Eldorado. »Hier gedeihen die besten Bodaggn, hinzu kommen die besonders leckeren Exoten: Man denke nur an die Bamberger Hörnla.«

Diesmal hatte Jan-Patrick einen ziemlich scharfen Aufstrich mit Roter Bete und Meerrettich aus dem Forchheimer Land gewählt, Marke »Schamel Rachenputzer«. Wie nicht anders zu erwarten, schmeckten die Baggers vortrefflich.

Hannah langte am meisten zu. Paul gewann den Eindruck, als wäre sie am Mittag in der Rathauskantine zu kurz gekommen. Kaum war der erste Hunger gestillt, schnitt auch sie das Thema an, das Paul derzeit umtrieb. Und sie hatte eine Idee mitgebracht, wie man dem selbst ernannten Scharfrichter auf die Schliche kommen könnte: »Man braucht jemanden, der die Qualitäten eines Profilers und die eines Historikers in sich vereint. Was ich damit sagen will: Der neue Schmidt geht ja wohl ganz und gar in seinem Vorbild auf. Wenn es also gelingt, sich ebenfalls mit dieser Rolle zu identifizieren, könnte es möglich sein, seine nächsten Schritte vorauszusehen.«

»Richtige Profiler nach US-amerikanischem Vorbild sind in Deutschland bisher die große Ausnahme«, gab Katinka zu bedenken.

»Es wäre aber bitter nötig, einen solchen Experten auf Schmidt anzusetzen. Vieles in seinem Vorgehen deutet doch auf seinen Charakter hin – wenn man den versteht, kann das helfen, denjenigen zu demaskieren, der hinter dem Spuk steckt.«

»Was genau meinst du?«, wollte Paul wissen.

»Der echte Schmidt hat sich für seine Taten damals ja nicht geschämt, sondern sie mit einem gewissen Stolz ausgeführt, oder?«

»Gern hat er es nicht getan, soviel wir heute wissen. Aber sein Berufsethos schützte ihn vor dem schlechten Gewissen«, mutmaßte Paul.

»Eben!«, bekräftigte Hannah ihren Ansatz. »Auch der moderne Schmidt glaubt sich im Recht mit dem, was er tut. Wenn sich herausfinden lässt, für welche Tat oder Sünde oder was auch immer die beiden armen Frauen sterben mussten, lässt das wiederum Schlüsse auf das Weltbild und die Geisteshaltung des Killers zu. Eines ergibt das andere.«

Katinka tätschelte den Arm ihrer Tochter. »An dir ist wirklich eine Kriminalistin verloren gegangen. Trotzdem bin ich froh, dass du einen weniger risikoreichen Weg gewählt hast.« Mit einem gutmütigen Lächeln fügte sie hinzu: »Ich bin davon überzeugt, dass Jasmin Stahl und ihr Team all diese Überlegungen ebenfalls anstellen und entsprechende Nachforschungen betreiben. Lassen wir diese Leute doch einfach das tun, wofür sie bezahlt werden.«

Das stimmte, dachte Paul. Er wusste, dass Jasmin fleißig und vor allem hartnäckig war. Dennoch vertrat er die Ansicht, dass es hilfreich sein konnte, wenn man sie ab und zu etwas anschubste.

Außerdem hatten ihn Hannahs Gedankengänge darin bestärkt, sich noch eingehender mit Meister Franz zu befassen. In dieser historischen Figur musste der Schlüssel für die Mordserie liegen. Daher würde es sich vielleicht lohnen, erneut das Gespräch mit Fremdenführer Larry zu suchen. Dessen Angebot, ihm weitere Fragen zu stellen, stand ja, und Paul wollte möglichst bald darauf zurückkommen.

Das Gesprächsthema wechselte, während Paul über seine weiteren Schritte nachgrübelte. Beide Frauen tauschten sich darüber aus, die Fenster mit einem automatischen Schließmechanismus auszustatten, um die Vision des Smart Home konsequent weiterzuverfolgen. Hannah regte zudem den Kauf eines Saug- und eines Mähroboters an.

»Ich bitte dich«, wehrte sich Paul gegen diesen Vorschlag. »Bei unserer winzigen Rasenfläche wird der Mähroboter an Unterforderung leiden. Und dieser Saugautomat kommt mir schon gar nicht ins Haus. Ich will nicht, dass mir so ein blödes Ding zwischen den Beinen herumfährt.«

Katinka und Hannah sahen ihn mitleidig an und schüttelten die Köpfe.

# 14

Er war viel zu aufgekratzt, um schon nach Hause zu gehen, als sie gegen zehn das Lokal verließen. Während Katinka betonte, dass sie sich nach nichts mehr sehne als nach ihrem Kopfkissen, machte Hannah ebenfalls keine Anstalten, den Abend so bald ausklingen zu lassen. Sie hatte vor, mit einigen Freundinnen durch die Bars an der Inneren Laufer Gasse zu ziehen.

»Wirklich nur Freundinnen?«, fragte Paul neugierig. »Oder ist endlich mal wieder ein neuer Mann am Start?«

Hannah knuffte ihn in die Seite. »Was soll das denn heißen? Und wenn es so wäre, würde es dich nichts angehen.«

»Wo sie recht hat, hat sie recht«, stellte sich Katinka schützend vor ihre Tochter und drückte ihr zum Abschied einen Kuss auf die Wange. »Mach's gut, mein Mädchen.«

Hannah entschwand mit einem Winken. Paul trat derweil von einem Fuß auf den anderen.

»Wenn du noch so fit bist, geh doch mit«, forderte Katinka ihn auf und gähnte herzhaft.

»Nee, lass mal gut sein«, rief Hannah, noch in Hörweite, und warf ihnen im Gehen einen Kussmund zu. »Bis bald!«

»Ich muss jetzt jedenfalls in mein Bett«, beschied Katinka.

Paul ließ sie ziehen und entschied sich spontan dazu, sein Atelier aufzusuchen. Das lag ja nur einen Katzensprung entfernt und verfügte über einen Kühlschrank mit ein oder zwei Flaschen dunklem Landbier. Dort könnte er endlich das nachholen, wozu er am Morgen nicht gekommen war: die Bilder der Skaterszene sichten.

Er schlich sich durchs Treppenhaus, um die anderen Mieter nicht zu stören, und schaute unter dem Türspalt nach, ob womöglich eine weitere Nachricht für ihn abgelegt worden war. Doch diesmal fand er nichts. Nachdem er das Studio betreten hatte, begrüßte ihn der lebensgroße Abzug einer nackten Schönheit mit einer tätowierten Schlange auf dem Rücken – eines seiner Frühwerke. Inzwischen zählten Aktaufnahmen zu den Ausnahmen, was Paul manchmal bedauerte, Katinka dagegen begrüßte.

Paul ließ das Licht gedämmt, fuhr den Rechner hoch und legte dann den Speicherchip ins Lesegerät. Nachdem sämtliche Bilder übertragen waren, setzte er seine Arbeitsplatzbrille auf und begann damit, die Fotos nacheinander zu sichten.

Die erste Serie, die er aus größerer Entfernung von der anderen Straßenseite aus geschossen hatte, gab nicht viel her, denn etliche Bilder waren unscharf oder in den Bewegungen verwaschen. Paul hob nur einige wenige davon auf, den großen Rest löschte er sofort, weil er keine Verwendung dafür hatte.

Als Nächstes nahm er sich die Aufnahmen vor, die direkt auf dem Kornmarkt entstanden waren. Schon besser, fand er und zog ernsthaft in Betracht, sie der Zeitung als Bilderreihe für den lokalen Beileger oder an die Onlineredaktion zu verkaufen. Doch das würde wahrscheinlich daran scheitern, dass er keine schriftliche Einwilligung der abgelichteten Skater eingeholt hatte und es dadurch Probleme mit dem Datenschutz geben könnte.

Paul studierte weitere Aufnahmen. Richtig interessant wurde es, als im Hintergrund erstmals Marvin Abelein und seine Kumpels auftauchten, die ihm von der jungen Skaterin gezeigt worden waren. Paul erkannte ihn an seinen

Rastalocken wieder. Lässig lehnte er auf seinem senkrecht aufgestellten Brett und schien sich mehr fürs Plaudern mit seinen Freunden als fürs Fahren zu interessieren.

Die Leute, mit denen sich Marvin abgab, mussten ungefähr in seinem Alter sein. Keine Kids mehr, sondern gut über zwanzig. Trotzdem jung genug, um sich von demjenigen abzuheben, der sich auf einem der später entstandenen Bilder in die Gruppe mischte. Seine auf jugendlich getrimmte Jeansjacke konnte nicht darüber hinwegtäuschen, dass er die Vierzig überschritten hatte. Marvin und Co. kannten ihn offensichtlich, denn sie klatschten sich zur Begrüßung gegenseitig ab. Aus dem vertraulichen Verhalten schloss Paul, dass es sich um einen Sozialarbeiter handeln könnte, der diesem Viertel zugeteilt war und in der Szene nach dem Rechten sah.

Wahrscheinlich eine völlig harmlose Begebenheit, vermutete Paul, dennoch schaute er sich auch die restlichen Bilder dieser Serie genau an – und stieß einen Pfiff aus, als er die letzten drei Aufnahmen betrachtete: Der ältere Jeanstyp verteilte etwas an die anderen, im Gegenzug reichten ihm die Umstehenden Geldscheine. Paul vergrößerte die fraglichen Szenen und meinte, kleine Tütchen zu erkennen. Es war offensichtlich, dass hier gedealt wurde.

Paul setzte die Brille ab und rieb sich die Augen. Was konnte er mit seiner Entdeckung anfangen? Stand sie in irgendeinem Zusammenhang mit den Morden? Hatte es eine Bedeutung, dass DNA-Spuren eines potenziellen Drogenkonsumenten am Tatort vorgefunden worden waren?

In jedem Fall rückte es die Person Marvin Abelein erneut in den Fokus. Paul zog sich die Passagen mit dem Drogenhandel auf sein Handy, wobei er darauf achtete, dass das Gesicht des Dealers deutlich zu erkennen war. Diese Bilder wollte er Jasmin zuspielen, konnten sie doch für sie von Nutzen sein.

Von den verbleibenden Fotos erwartete Paul nicht mehr viel, außerdem wurde auch er allmählich müde. Kein Wunder, ging es doch auf Mitternacht zu. Trotzdem raffte er sich dazu auf, die Aufnahmen bis zuletzt durchzugehen. Wie er am Hintergrund erkannte, waren die letzten Bilder aus einer anderen Perspektive entstanden. Die Skater wurden nun nicht mehr vor der Front des Museums gezeigt, sondern vor den Geschäftshäusern und Restaurants auf der anderen Seite.

Konzentrierte sich Paul anfangs noch auf die Jugendlichen und ihre Kunststücke, verlagerte sich seine Aufmerksamkeit später auf die Kulisse. Hier interessierte er sich besonders für eine Frau, die an einer Stelle stehen geblieben war und den Blick ganz offensichtlich auf den Fotografen gerichtet hatte, also auf ihn. Paul überkam ein ungutes Gefühl, als er feststellte, dass es sich wiederum um die Unbekannte handelte, die ihm in den letzten Tagen mehrmals aufgefallen war.

Er streckte seinen Rücken durch, starrte ins Halbdunkel des Studios und dachte nach. So viele Begegnungen innerhalb kurzer Zeit konnten in einer Halbmillionenstadt wie Nürnberg kein Zufall sein. Wer war sie und was wollte sie von ihm? Eine von Jasmins Kolleginnen, die dafür abgestellt war, ihn im Auge zu behalten? Aber Jasmin hatte doch ausdrücklich betont, dass sie keinen Anlass dafür sah, ihm Personenschutz zu gewähren. Außerdem hätte er darüber ja auch informiert werden müssen. Und ihm fiel ein, dass ihm die Frau ja bereits vor dem Drohbrief begegnet war.

Dann jedoch kam ihm in den Sinn, dass es sich bei Schmidts Nachfolger nicht zwangsläufig um einen Mann handeln musste. Ob sie es war, die den Drohbrief vor Pauls Tür gelegt hatte?

Ein weiteres Mal beugte er sich vor, um mit seiner Bildanalyse fortzufahren. Er vergrößerte den Kopf der Verdächtigen aus einer der Aufnahmen heraus und speicherte auch dieses Bild ab, um es Jasmin vorzulegen. Auf den letzten drei Fotos, die am Vormittag entstanden waren, war die Frau nicht mehr zu sehen, und Paul wollte seinen Computer bereits ausschalten, als er doch noch jemanden erkannte: Täuschte er sich, oder handelte es sich bei einem der Passanten um Jens Wolf?

Der Mann war nur im Profil zu sehen, sein Gesicht war etwas unscharf. Doch Paul wäre jede Wette eingegangen, dass dieser Schnappschuss den künftigen Pfarrer von Sankt Sebald zeigte.

Wieder rätselte Paul. Bei diesem Fall wimmelte es nur so von Kandidaten, deren Rolle er nicht einschätzen konnte.

Doch ihm war bewusst, dass Müdigkeit kein guter Berater war. Daher beendete er die Arbeit am Computer und beschloss, endlich den Heimweg anzutreten. Die Entscheidung war kaum gefallen, da wurde er auf ein Geräusch aufmerksam – ein Klappern aus dem Flur.

Er hatte dort Teile seiner Ausrüstung abgestellt, ein paar Stative, eine Leinwand, sonstige Fotoutensilien. War etwas umgefallen? Normalerweise bewegten sie sich nicht von allein, und da kein Fenster offen stand, gab es auch keinen Luftzug, der das Klappern verursacht haben könnte.

Vorsichtig schob Paul den Stuhl zurück und stand auf. Er lauschte in die Stille. Zunächst blieb es leise. Alles, was er hören konnte, war sein eigenes Atmen.

Aber dann, wie aus dem Nichts, schepperte es wieder. Paul merkte, wie sein Puls anzog. Er war auf der Hut, als er auf Zehenspitzen durch das Atelier schlich. Durch das Oberlicht funkelten die Sterne, sonst spendete bloß eine abgedimmte Stehlampe in der Ecke etwas Licht.

Er hatte den Flur beinahe erreicht, als ihn der Mut im Stich ließ. Statt gleich nachzusehen, ob er einen Einbrecher auf frischer Tat ertappen würde, blieb er in sicherer Distanz stehen und rief: »Hallo? Ist da jemand?«

Es blieb ganz still.

»Hallo! Wer ist da?«, fragte er erneut, diesmal energischer.

Jetzt war wieder ein kurzes Poltern zu hören. Dann nichts mehr.

Paul holte tief Luft und preschte voran. Mit der Hand hieb er auf den Schalter und tauchte den schmalen Flur in helles Neonlicht. Hektisch sah er sich um. Doch es war niemand da. Waren die Geräusche seiner Einbildung entsprungen? Resultat seiner Müdigkeit? Nein, er hatte ganz sicher etwas gehört.

Langsam ging er durch den Flur, um nach der Ursache für das Scheppern zu suchen, konnte aber nichts finden. Dafür machte er eine andere Entdeckung: Die Wohnungstür stand einen Spaltbreit offen.

Sollte er vergessen haben, sie hinter sich zuzuziehen, als er vorhin in sein Studio gekommen war? Oder hatte er doch ungebetenen Besuch gehabt, der sich Zutritt verschafft hatte? Paul inspizierte das Schloss, konnte aber nichts entdecken, was darauf hinwies.

Er schüttelte irritiert den Kopf, schnappte sich seine Sachen und verließ das Atelier. Als er die Tür hinter sich zuzog und im düsteren Treppenhaus stand, fröstelte es ihn.

# 15

Vogelgezwitscher drang an Pauls Ohr. Dann ging die Sonne auf. Ihr Licht blendete ihn sogar durch die geschlossenen Augenlider.

Paul kam sich vor, als hätte er die Nacht im Freien verbracht und würde nun von Mutter Natur wach geküsst. Doch als er sich den Schlaf aus den Augen rieb, stellte er fest, dass die Weckrufe mit der Natur herzlich wenig zu tun hatten, denn die Vogelstimmen kamen aus dem Lautsprecher seines neuen smarten Weckers, auch das helle Licht wurde von dem Gerät erzeugt. Sonnenstrahlen aus der Konserve.

Er tastete den Apparat nach einem Schalter ab, mit dem er ihn verstummen lassen konnte, denn das immer lauter werdende Piepen fiel ihm schon jetzt auf die Nerven. Und die Lampe war entschieden zu grell. Doch seine Finger fanden nichts, was sich drücken ließ. Wahrscheinlich funktionierte das blöde Ding mit Sprachsteuerung, vermutete Paul, weshalb er rief: »Aus!« Und als das nichts half: »Stopp! Ruhe! Schluss!«

Die künstlichen Vögel ignorierten seinen Wunsch, weiterzuschlafen, und pfiffen munter weiter. Immerhin das entsprach der Realität, doch wenn sich Paul früh am Morgen von echten, lebendigen Vögeln gestört fühlte, machte er einfach das Fenster zu. Und wenn ihn früher sein alter Wecker geärgert hatte, hatte er ihn notfalls an die Wand werfen können, dachte Paul und presste sich die Zipfel des Kopfkissens übers Ohr.

Allerdings hatte es Hannahs Neuanschaffung mittlerweile geschafft, jeden Gedanken an eine Verlängerung dieser

Nacht zu verscheuchen. Paul setzte sich aufrecht hin und stellte fest, dass die andere Seite des Betts verlassen war – Katinka musste bereits zur Arbeit gegangen sein. Er versuchte die Uhrzeit von dem futuristischen Wecker abzulesen, doch der strahlte so hell, dass er nichts erkennen konnte.

Nun wurde es ihm zu dumm. Paul suchte und fand das Stromkabel und zog den Stecker. In derselben Sekunde verstummte die Vogelschar, und das gleißende Kunstlicht erlosch. Paul reckte sich, stand auf und steckte den Kopf aus dem Fenster. Die Sonne schien. Diesmal die echte, und die gefiel ihm viel besser.

Die Küchenuhr zeigte ihm an, dass er bis halb zehn geschlafen hatte. Auf dem Tisch fand er eine kurz gehaltene Nachricht von Katinka, die ihm einen schönen Tag wünschte. Darunter zeichnete ihr kirschroter Lippenstift die geschwungene Form ihrer Lippen nach.

Paul steckte zwei Scheiben Brot in den Toaster, stellte die Kaffeemaschine an – zum Glück noch die alte, mit deren Bedienung er sich auskannte – und ging zur Garderobe, wo er die Taschen seiner Jacke durchsuchte, um mit der Visitenkarte von Stadtführer Larry in die Küche zurückzukehren. Er tippte dessen Mobilnummer in sein Handy, klemmte es sich zwischen Schulter und Ohr und beschmierte die Toasts mit Butter.

»Lößlein«, ertönte kurz darauf die charakteristische Stimme, worauf Paul den dynamischen Geschichtsfan sogleich bildlich vor Augen hatte.

»Ich bin's, Paul Flemming. Der, der dir neulich ein Loch in den Bauch gefragt hat und alles über Meister Franz wissen wollte.« Paul teilte ihm mit, dass seine Wissbegierde längst nicht gestillt sei und er sich über ein weiteres Treffen sehr freuen würde.

»Gern!«, lautete die spontane Antwort. »Wann passt es dir? Ich habe gleich eine Gruppe Amerikaner, die ich für die Tourismuszentrale führe. Aber danach, so gegen eins, hätte ich eine Stunde Luft. Bei so schönem Wetter wie heute gönne ich mir mittags eine Halbe beim *Café Wanderer*. Das kennst du doch, oder? Am Tiergärtnertor.«

»Klar kenne ich das. Meinst du, wir kriegen einen Platz? Sind ja gerade ziemlich viele Touristen unterwegs.«

»Die Wirtin ist eine alte Freundin. Notfalls stellt sie noch ein Tischchen für uns raus.«

Paul freute sich über Larrys spontane Zusage. Umso gelöster ging er das zweite Telefonat an, das er sich vorgenommen hatte. Zuvor schickte er einige der Fotos, die er am Vorabend gespeichert hatte, per WhatsApp an die Nummer, die er kurz danach anrief.

»Warum spamst du mich mit Fotos voll?«, meldete sich Jasmin Stahl ohne ein Wort der Begrüßung. »Wer sind diese Leute, und was soll ich damit anfangen?«

»Guten Morgen«, sagte Paul freundlich. »Wenn du mir die Gelegenheit gibst, es dir zu erzählen, wirst du es bald wissen – und mir für meine Hilfe danken.« Er erklärte, dass die Aufnahmen in der Umgebung des Kornmarktes entstanden seien und unter anderem Marvin Abelein im Kreise seiner Skaterfreunde zeigten. Des Weiteren sei ein Unbekannter zu sehen, der Ältere im Jeanslook, den Paul für einen Drogendealer halte. Außerdem habe er eine ihm unbekannte Frau fotografiert, die ihm wiederholt aufgefallen sei und die er deshalb für verdächtig halte. Zugefügt habe er zudem eine Aufnahme des neuen Pfarrers der Sebalduskirche, der sich ebenfalls seltsam verhalte. All diese Personen seien es seiner Meinung nach wert, von der Polizei überprüft zu werden.

Paul hatte so lange geredet, dass sein Kaffee nur noch lauwarm war, als er den ersten Schluck davon nahm, während er auf Jasmins Antwort wartete.

Diese fiel dafür umso kürzer aus: »Hast du jetzt eine Vollmeise? Rennst durch die Gegend und stellst unbescholtenen Bürgern nach? Das grenzt an Stalking und könnte strafrechtlich verfolgt werden.« Sie stöhnte auf. »Mensch, Paul, hör endlich auf, Polizei zu spielen und wildfremde Leute anzuschwärzen, bloß weil dir ihre Nasen nicht passen. Sonst darfst du dich auch nicht wundern, wenn Drohbriefe bei dir landen.«

»Das eine hat mit dem anderen doch gar nichts zu tun«, wehrte sich Paul und wies auf die Beweisfähigkeit seiner Fotos hin: »Auf einer der Aufnahmen ist ganz deutlich zu sehen, wie Drogen übergeben werden – *das* ist eine Straftat.«

»Ich arbeite nicht fürs Dezernat 8, befasse mich daher nicht mit Rauschgiftdelikten, sondern bin bei der Mordkommission, was dir hinlänglich bekannt sein dürfte. Außerdem sind deine Fotos wenig aussagekräftig, denn alles, was zu sehen ist, sind ein paar kleine Tütchen. Da könnte sonst was drin sein. Selbst wenn es etwas Gras sein sollte: Ich habe wirklich Besseres zu tun, als mich um solche Bagatellen zu kümmern.«

»Aber Marvin gehört doch zu deinen Hauptverdächtigen!«, versuchte Paul zu überzeugen. »Dass er Drogen nimmt, könnte deinen Verdacht bekräftigen. Denn das macht ihn erpressbar. Und wer erpressbar ist, lässt sich zu allem Möglichen verleiten. Bis hin zu Mord.«

Jasmin zögerte. Aber nur kurz. »Wer sollte ihn womit erpressen und warum? Außerdem ist Marvin raus: Er hat wasserdichte Alibis für beide Tatzeiträume, was du bestimmt längst weißt.«

Paul sah ein, dass er gerade gegen Windmühlen kämpfte. Bis zu einem gewissen Punkt konnte er Jasmins Argumentation sogar verstehen, dennoch war er enttäuscht über ihre Reaktion und vor allem die schroffe Art. Er wollte ja schließlich nur helfen.

»Okay, dann mach's gut«, sagte er matt und legte auf.

Während er lustlos in den Toast biss, versuchte er sich erneut selbst einen Reim auf das zu machen, was er mit seinem Kameraobjektiv eingefangen hatte. Beim Grübeln fiel ihm ein, dass er früher immer einen Schuhkarton hervorgekramt hatte, in dem er eine kleine Sammlung uralter Playmobil-Figuren aufbewahrte. Mit dem Spielzeug stellte er Fälle nach und half seinem Kombinationsvermögen damit auf die Sprünge.

Paul ließ die Reste des Frühstücks stehen und machte sich auf die Suche nach den Miniaturmännchen. Er fand den Karton ganz unten in einem Regal im Arbeitszimmer und kippte den Inhalt auf den Wohnzimmertisch. Wie er feststellen musste, befand sich die Sammlung in einem erbärmlichen Zustand. Einige der Figuren hatten Hände oder Füße eingebüßt, anderen mangelte es an Helm, Hut oder Haarteil. Zwei Playmobil-Frauen fehlte gar der Kopf.

Paul musste schlucken, als ihm die Parallele zum aktuellen Fall auffiel. Er legte die beiden Kopflosen beiseite. Sie sollten die Opfer darstellen. Nun suchte er nach und nach passende Figuren für die anderen Handelnden heraus. Ein Playmobil-Junge symbolisierte Marvin. In Ermangelung eines Skateboards stattete Paul ihn mit einem Surfbrett aus, das er zwischen den Einzelteilen der Kollektion fand. Ein Mann in blauer Jacke musste für den Dealer herhalten, eine Plastikdame mit langem Haar für die Unbekannte, die Paul verfolgte.

Er ließ seine Hände durch die restlichen Figuren fahren und zog einen Mann ganz in Schwarz heraus, der Vikar Wolf darstellte. Auch Jasmin bekam ihr Gegenstück, ebenso wie Stadtführer Larry, Blohfeld und Jan-Patrick, für den er sogar einen Kochlöffel fand. Jasmin drückte er eine winzige Pistole in die Hand, und Katinka legte er eine Robe um. Als Letztes entnahm er ein Männchen in historischer Kleidung und stattete es mit einem Ritterschwert aus: Franz Schmidt. Dann war da noch ein Schreibpult, auf das Paul aufmerksam wurde. Er ordnete es den beiden Opfern zu. Das Pult sollte die Universität symbolisieren, an der beide Frauen gewesen waren.

Während er die Männchen nacheinander aufstellte, behielt er im Hinterkopf, dass die Figur des Franz Schmidt womöglich identisch mit einem der anderen Kunststoffwesen sein konnte.

Paul ließ sich mehr als eine halbe Stunde Zeit, um die Figuren an verschiedene Positionen zu verschieben und über die Rolle derjenigen nachzudenken, die sie verkörperten. Immer wieder rückte er sie hin und her und versuchte, ihr Verhältnis zueinander zu ergründen. Doch sosehr er sich auch bemühte, er kam nicht weiter.

Schließlich verstieg er sich in abstruse Ideen, über die er im Nachhinein nur milde lächeln konnte: Etwa die, dass Blohfeld die beiden Frauen enthauptet hatte, um eine Sensationsstory zusammenzubekommen, damit er nicht entlassen wurde. Oder dass es sich bei Vikar Wolf um einen religiösen Eiferer handelte, der Frauen köpfte, weil sie sonntags die Straße gekehrt hatten. Paul entsann sich dunkel einer Bibelstelle im 4. Buch Mose, wo ein Mann am Sonntag Feuerholz gesammelt hatte und deswegen gesteinigt worden war ...

Im Gegensatz zu manchen früheren Versuchen, die ihm zu plötzlicher Erkenntnis verholfen hatten, schwiegen die Playmobil-Figuren diesmal – und trotzdem war sich Paul ziemlich sicher, dass eines der Plastikmännchen die Person darstellte, nach der die Polizei suchte: den Mörder oder die Mörderin.

# 16

Trotz der Spielerei am Wohnzimmertisch war Paul recht früh dran, als er aufbrach, zumindest für seine Verhältnisse. Deswegen wählte er nicht den kürzesten Weg zum Treffpunkt am Tiergärtnertorplatz, sondern entschied sich für einen Zickzackkurs durch die Sebalder Altstadt. Das tat er ohnehin gern, weil es dort stets Neues zu entdecken gab. Immer wieder eröffneten kleine Läden, sei es ein Schallplattenhändler, ein Anbieter von Holzspielzeug oder eine Bäckerei, die sich auf Fränkische Schneeballen spezialisiert hatte. Paul liebte diese individuelle Vielfalt, die so gar nichts mit der Gleichförmigkeit und Austauschbarkeit der Filialen großer Ketten gemein hatte, die auf der Lorenzer Seite der Pegnitz dominierten.

Da er es nicht eilig hatte, kam es Paul durchaus gelegen, auf Hannes Fink zu treffen. Wie beim letzten Mal war der Pfarrer mit seinem Nachfolger im Schlepptau unterwegs. Für Paul *die* Gelegenheit, Jens Wolf auf den Zahn zu fühlen!

»Ihr seht aus wie zwei Missionare auf der Suche nach Ungläubigen«, erlaubte sich Paul einen Scherz zum Auftakt. Fink, der seine Art von Humor kannte, hob amüsiert beide Mundwinkel, während Wolf mit Pauls Worten nichts anfangen konnte. Er wirkte genauso höflich distanziert, wie Paul ihn schon bei ihrer ersten Begegnung wahrgenommen hatte.

»Wir haben gerade eine ganz andere Mission«, entgegnete Fink. »Das Weinmarktfest am nächsten Wochenende fordert uns heraus.«

»Wieso das?«, wunderte sich Paul, der sich kaum vorstellen konnte, dass auch die Kirche beim Baggers-Wettbewerb mitmachen würde.

»Das leidige Thema der Verkehrsberuhigung erhitzt die Gemüter und spitzt sich zu, je näher wir dem Fest kommen. Wir als Vertreter der Kirche möchten selbstverständlich für die Interessen der ganzen Gemeinde einstehen – doch momentan zieht sich ein tiefer Riss mitten durch sie hindurch.«

»Kein leichter Einstieg, nicht wahr?« Paul richtete diese Frage direkt an Vikar Wolf.

Wolf suchte Rat in einem raschen Blick zu Hannes Fink, bevor er recht ausweichend antwortete: »Noch laufe ich ja nur mit. Aber ja: Unsere Aufgabe besteht darin, zu schlichten und zu vereinen.«

»Sie haben viel um die Ohren, was?« Paul suchte nach einer Möglichkeit, ihn auf die Begebenheit am Kornmarkt anzusprechen, ohne dass es allzu plump rüberkam. Doch ihm fiel nichts Besseres ein als zu sagen: »Wie schön, dass Ihnen trotzdem die Zeit bleibt, auch mal im Süden der Altstadt vorbeizuschauen.«

Wolf wusste mit dieser Bemerkung offenbar nichts anzufangen, rückte seine Brille zurecht und fragte: »Wie bitte?«

»Wir sind uns doch am Kornmarkt begegnet, ich war dort mit der Kamera unterwegs. Haben Sie mich nicht gesehen?«

»Ähm, nein.«

»Jedenfalls war ich einigermaßen überrascht, Sie dort anzutreffen. Halten Sie wohl auch Gottesdienste in der Lorenzer Altstadt?«

»Nein, nur in St. Egidien und Sebald.« Wolf wirkte ziemlich irritiert.

»Ich weiß zwar nicht, was deine seltsamen Fragen sollen, Paul«, mischte sich Fink ein, »aber falls du dich wundern solltest, den Kollegen Wolf gerade dort gesehen zu haben, dann gibt es dafür eine ganz einfache Erklärung.« Fink nickte Wolf aufmunternd zu. »Erzählen Sie meinem misstrauischen Freund von Ihrem ehrenamtlichen Engagement.«

Daraufhin entspannten sich die Züge im Gesicht des jüngeren Geistlichen. »Mit meinen Aufgaben im Pfarrbezirk hat das nichts zu tun, wenn ich mich auch in der Jugendarbeit engagiere. In meinen freien Stunden widme ich mich der Drogenhilfe. Falls Sie mich also am Kornmarkt gesehen haben sollten, liegt es daran, dass wir dort hin und wieder zu tun haben. Ich möchte meine Tätigkeit aber nicht an die große Glocke hängen.«

Diese Antwort beschämte Paul, der den Jungpfarrer zum Kreis der Verdächtigen gezählt hatte. Unter diesem Aspekt sah die Sache natürlich ganz anders aus – Pauls angeblicher Fotobeweis schien mit einem Mal nichts mehr wert zu sein.

Er war drauf und dran, sich für sein forsches Vorgehen zu entschuldigen, doch dann zog er spontan sein Handy aus der Hosentasche und hielt es Wolf hin. »Wenn Sie mit der Szene vor dem Germanischen Nationalmuseum vertraut sind, kennen Sie vielleicht auch den hier.« Er zeigte ihm ein Bild von Marvin.

Wolf sah hin, zögerte jedoch mit einer klaren Antwort. »Hören Sie, Herr Flemming: Damit hier kein Missverständnis entsteht, will ich Ihnen sagen, dass ich den Elan der Jugendlichen bei der Ausübung ihres Sports absolut lobenswert finde. Und wenn Sie selbst dort gewesen sind, haben Sie ja bemerkt, wie viel Spaß es macht, ihnen bei ihren Kunststücken zuzusehen.« Er kräuselte die Stirn, als er fortfuhr: »Die Probleme, um die ich mich kümmere, betreffen nur einige wenige von ihnen. Und auch mit denen bin ich auf einem guten Weg.«

»Verstehe«, sagte Paul. »Sie wollen mir also nicht sagen, was Sie von Marvin halten. So heißt dieser junge Mann nämlich.«

Wolf schwieg. Auch Hannes Fink war jetzt ganz still.

»Na schön.« Paul suchte ein anderes Bild heraus. »Wie steht es mit diesem hier? Sicher keiner Ihrer Jugendlichen ...« Er deutete auf ein Foto des Manns mit der Jeansjacke.

Wieder sah Wolf hin, wirkte dabei allerdings zunehmend distanziert. »Woher haben Sie all diese Bilder?«

»Er ist eben Fotograf«, sagte Hannes Fink. »Und manchmal leider auch eine ziemliche Nervensäge.« Er zog Pauls Hand mitsamt dem Smartphone zu sich herüber, kniff die Augen zusammen und musterte das Gesicht auf dem Display. »Ja, den kenne ich sogar«, sagte er nach kurzem Nachdenken.

»*Du* kennst ihn?«, wunderte sich Paul.

Fink bewegte seinen runden Charakterkopf auf und ab. »Nicht nur ich. Eine Größe aus der Südstadt. Hirschberger ist sein Name, Dieter Hirschberger. Er betreibt einen Antiquitätenladen in der Wölckernstraße. Dass du ihn am Kornmarkt fotografiert hast, wundert mich. Normalerweise steht er tagsüber in seinem Geschäft und bedient die Kundschaft.«

Jetzt verstand Paul gar nichts mehr. Der potenzielle Dealer war in Wirklichkeit Antiquitätenhändler?

»Hirschberger ist ein guter Bekannter von Wolfgang Engelbrecht, dem Antiquitätenhändler vom Weinmarkt«, führte Fink aus. »Dort habe ich ihn mal getroffen und mich mit ihm unterhalten. War recht interessant, denn Hirschberger hat sich in seinem Geschäft auf ein bestimmtes Fachgebiet spezialisiert, das ihm Kunden auch aus dem weiteren Umkreis verschafft.«

»Was genau verkauft er denn?«, zeigte sich Paul interessiert.

»Waffen. Sein Steckenpferd sind altertümliche Exemplare vom Krummsäbel über die Armbrust bis hin zu Trommelrevolvern. Wobei es sich bei den Pistolen um funktionsunfähige Schaustücke handelt, sonst dürfte er sie nicht anbieten, hat er mir erzählt.«

Paul stellte sich einen Laden voller antiquierter Tötungswerkzeuge vor – und fragte sich, ob darunter auch ein Ulfberht-Schwert sein könnte. Denn damit ließe sich endlich ein Zusammenhang herstellen zwischen einigen seiner Akteure und den beiden Morden.

»Habe ich wohl etwas Falsches gesagt?«, fragte Fink, der aus Pauls Reaktion nicht schlau wurde.

»Im Gegenteil!«, antwortete Paul. »Du hast genau das Richtige gesagt.« Er klopfte dem korpulenten Pfarrer freundschaftlich auf den Oberarm, winkte Jens Wolf zu und setzte seinen Weg fort.

Beschwingt und voller neuer Ideen erklomm Paul den Burgberg und ärgerte sich nur ein bisschen darüber, dass er es in seiner Euphorie versäumt hatte, Wolf nach dessen Studienarbeit über Henker Schmidt zu fragen. Für ihn war nun klar, dass Marvin sich die Tatwaffe von Hirschberger besorgt hatte, bei dem er durch seinen potenziellen Drogenkonsum vermutlich bereits als Kunde aufgetreten war. Für Paul sah es ganz danach aus, als würde der Waffenhändler seine Geschäfte mit Hasch, Koks oder anderen

Rauschmitteln aufbessern. Damit stand Marvin wieder im Mittelpunkt von Pauls Interesse. Jetzt brauchte er nur noch herauszufinden, wie Marvin das mit den Alibis gedeichselt und welchen Grund der junge Mann gehabt hatte, die beiden Frauen zu töten.

# 17

Paul hatte etliche Lieblingsorte in seiner Stadt. So mochte er es, mit Katinka durch den Stadtpark zu bummeln und dort die Blütenpracht auf den gepflegten Beeten zu bewundern oder die Enten im Teich zu füttern. Gern sonnte er sich am Sandstrand des Wöhrder Sees oder genoss ein Guinness auf der Außenterrasse des Irish Pub am Wespennest. Unangefochten an der Spitze seiner Favoriten stand aber der Tiergärtnertorplatz. Hier stimmte einfach alles, denn dieser Ort bündelte die Facetten Nürnbergs wie kein anderer: Da gab es die trutzige Stadtmauer mit Durchgang zum Burggraben, das Dürer-Haus in all seiner Pracht, wunderschöne Fachwerkfassaden und – am Pilatushaus vorbei – einen freien Blick auf die Kaiserburg. Inmitten des leicht abschüssigen, gepflasterten Platzes erhob sich eine stolze Kastanie und spendete Schatten für die vielen Menschen, die sich auf dem Kopfsteinpflaster niederließen, sich unterhielten, Gitarre spielten oder Drei im Weggla aus einer der umliegenden Bratwurstküchen aßen.

Das *Wanderer* befand sich in einem der schmalen Gebäude, die direkt an die Stadtmauer angepflanzt waren; ein weiteres lieb gewonnenes Unikum dieses bezaubernden Ortes. Die kleinen runden Tische vor der Bierbar waren besetzt, wie Paul nicht anders erwartet hatte. Trotzdem hatte Larry es irgendwie geschafft, zwei der begehrten Plätze zu sichern, und zwar direkt neben der bronzenen Skulptur von Dürers berühmtem Feldhasen.

Der Gästeführer hatte lässig seine Beine ausgestreckt, und vor ihm stand ein halb geleertes Glas Bier, das honiggelb in der Sonne leuchtete. Paul setzte sich auf den freien Stuhl daneben und rückte ein Stück von dem Hasen ab, was Larry einen Lacher entlockte.

»Du magst ihn wohl nicht besonders, was? Da bist du beileibe nicht der Einzige.«

Paul bedachte das in seinen Augen ziemlich abstoßend gestaltete Machwerk mit einem kritischen Blick. »Wenn ein Künstler mit der Ästhetik des Hässlichen derart kokettiert und dabei monströs übertreibt, ist das nicht mein Ding«, sagte er.

Larry sah das etwas anders: Der von Jürgen Goertz geschaffene Hase sei eine gelungene Verfremdung, die zwar empfindliche Gemüter frösteln lassen könnte, aber auch Mut zu Neuem beweise. »Überdies gibt es viel zu entdecken, wenn man sich auf das Werk einlässt. Schau mal genau hin: Siehst du, wie kraftvoll besitzergreifend die rechte Pranke auf einem menschlichen Fuß mit manikürten Nägeln ruht? Da schimmert der feine fränkische Humor durch. Außerdem ist es immer wieder lustig zu beobachten, wie verstört manche Touristen sind, wenn sie an dem Hasen vorbeikommen.«

Nachdem sich Paul ebenfalls ein Bier geholt hatte, erkundigte er sich bei Larry: »Machst du das eigentlich hauptberuflich? Ich meine, Gäste durch Nürnberg führen?«

Larry nahm einen großen Schluck und wischte sich mit der Handkante über den Mund. »Mittlerweile schon«, antwortete er. »Du kennst inzwischen ja meine Leidenschaft für das Historische. Und da ich beruflich ohnehin aus der pädagogischen Ecke komme, kann ich mein Geld mit dem verdienen, was mir am meisten Spaß macht.«

»Wie bist du dazu gekommen? Ich meine: Kann sich jeder als Stadtführer betätigen?«

»Nein, dafür sind Schulungen nötig, und es gibt eine Abschlussprüfung, die es in sich hat. Ich habe viele andere Interessenten erlebt, denen das zu viel war und die mittendrin abgesprungen sind.« Mit einem stolzen Grinsen zog er an einem Schlüsselbund, an dessen Ende ein folierter Ausweis hing. »Das ist quasi meine Marke«, sagte er augenzwinkernd. »Mit der Lizenz zum Schwadronieren.«

Paul winkte ab. »Was du über die Stadtgeschichte zu sagen hast, ist alles andere als langweilig. Deshalb würde ich gern mehr von dir hören. Was diesen Meister Franz angeht ...«

»Beschäftigt dich unser Lieblingshenker also wirklich immer noch?«, fragte Larry erheitert. »Welche Details aus seinem Leben interessieren dich denn? Etwa die, dass Schmidt wohl der erste Nürnberger war, der ein WC mit Wasserspülung besaß? Mit einem Fluss direkt unter dem Haus war das allerdings kein Hexenwerk.«

Paul lachte, fand seinen Ernst aber schnell wieder. »Nein mir geht es tatsächlich mehr um Schmidts Selbstverständnis als Scharfrichter.«

Auch Larry schwenkte jetzt um, schob das Glas beiseite und verschränkte die Finger. »Zunächst einmal wissen wir ja, dass Schmidt sich seinen Beruf nicht aus freien Stücken ausgesucht hat. Aber er stand zu dem, was er getan hat. Erleichtert wurde ihm das sicherlich durch die Tatsache, dass er sich als eine Art Vollstrecker betrachten durfte. Denn die Entscheidung über Leben und Tod fällte nicht er, sondern ein Gremium. Alles war genauestens festgelegt und entstammte einer langen Tradition. Weißt du: Strafe und Vergeltung waren die Grundpfeiler der Rechtspraxis, die schon im germanischen Recht, ja sogar im alttestamentarischen ›Auge um Auge, Zahn um Zahn‹-Prinzip wurzelt. Und das

Volk stand voll und ganz dahinter, weil der Aberglaube besagt, dass ungesühnte Verbrechen den Zorn Gottes heraufbeschwören würden. Etwa in Form von Epidemien wie der Pest oder Hungersnöten. Durch die Vollstreckung von Hinrichtungen wurde sozusagen die göttliche Ordnung wiederhergestellt.«

Paul kam zurück zum Ausgangspunkt ihrer Unterhaltung: »Wie schaute es denn in Schmidts Zeiten mit der Ausbildung aus? Musste er auch eine Prüfung ablegen wie du als Tourguide?«

Larry bestätigte das: »Sicher eine deutlich härtere als ich. Und vor allem eine praxisorientierte, weil gelungene Vollstreckungen viel Training voraussetzten. Das fing schon mit den Lehrjahren an, in denen die angehenden Henkersknechte Schwerter schleifen, Folterwerkzeug warten und Leichname abtransportieren mussten, bevor sie das erste Mal selbst Hand anlegen durften. Es kam bei der Marter auf das richtige Gefühl und Timing an, sodass die Tortur das Opfer nicht frühzeitig an seinen Qualen versterben ließ. Es galt, das Durchhaltevermögen des Delinquenten richtig einzuschätzen.« Larry veränderte die Tonlage, als er nachschob: »Besonders die Hinrichtung mit dem Schwert – sie galt als ehrenhafteste Form der Todesstrafe – erforderte viel Erfahrung. Es ist kein Zufall, dass das Richtschwert von Meister Franz an einem Ehrenplatz über dem Kamin hing. So schrieb er es in seinem Tagebuch.«

Paul sah nachdenklich auf. »Ob Schmidts Nacheiferer für seine Mordwaffe einen ähnlichen Aufbewahrungsort gefunden hat?«

Larrys Gesichtsausdruck konnte sich zunächst nicht zwischen Erheiterung und Verstörung entscheiden. »Welche Vorlieben diese Person hat, kann ich nicht beurteilen.«

»Trotzdem gibt es einen entscheidenden Unterschied zwischen Vorbild und Nacheiferer«, merkte Paul an. »Schmidt ist quasi per Gesetz dafür bestimmt worden, Menschen zu töten. Während das historische Original rechtskräftig verurteilte Straftäter richtete, tötet sein Nachahmer unschuldige Frauen, möglicherweise Zufallsopfer. Der heutige Schmidt handelt also ohne jegliche Legitimation.«

Larry nahm diesen Einwand mit einem nachdenklichen Blick zur Kenntnis. »Vielleicht sieht er das anders als du.«

»Wie meinst du das?«

»Nun, das mit der Legitimation ist ja so eine Sache. Wer weiß, was im Kopf dieser Person vorgeht und wie sie sich die Welt zurechtlegt. Außerdem ...«

»Außerdem?«

»Bist du sicher, dass diese Frauen ohne Schuld waren? Vielleicht weiß Schmidt mehr über sie als ich und du und die Polizei.«

Dieser Satz gab Paul neuen Stoff zum Nachdenken. Und er warf erneut die Frage nach dem Motiv auf. Was hatten die beiden Opfer getan, um den Unbekannten so sehr gegen sich aufzubringen, dass sie in seinen Augen den Tod verdienten?

Mitten in seine Gedanken hinein klingelte das Handy. Paul sah auf dem Display Jasmins Nummer, nickte Larry entschuldigend zu und sagte: »Sorry, da muss ich kurz ran.«

»Mach nur«, sagte Larry und widmete sich den letzten Schlucken seines Bieres.

»Hallo, Jasmin«, sprach Paul in den Apparat. »Dass du dich mal bei mir meldest und nicht umgekehrt, hat in letzter Zeit Seltenheitswert.«

»Spar dir deine Sprüche, Paul. Dir wird das Lachen gleich vergehen«, entgegnete die Polizistin.

Paul verschlug es die Sprache. So ernst hatte er Jasmin lange nicht reden hören. Es musste etwas passiert sein.

»Bist du noch dran?«, fragte sie.

»Ja. Ich höre.«

»Also, pass auf, unser Graphologe hat sich den Drohbrief, den du uns überlassen hast, inzwischen ansehen können. Das Ergebnis kann dir nicht gefallen: Er hat bestätigt, dass es sich um dieselbe Handschrift handelt, mit der auch die beiden anderen Botschaften verfasst worden sind. Papier und Tinte stimmen ebenfalls überein. Wir suchen nun händeringend nach der Bezugsquelle dieses Materials.«

Paul schluckte. »Der Brief ist also wirklich echt«, resümierte er ernüchtert.

»Ja«, bestätigte Jasmin. »Das ist zu neunundneunzig Prozent sicher.«

»Und das bedeutet?«

»Es bedeutet, dass du dich in Acht nehmen solltest.«

# 18

Seine erste Reaktion hatte aus schierer Furcht bestanden und dem dringenden Bedürfnis, sich in den eigenen vier Wänden zu verbarrikadieren. Dieses Gefühl war jedoch schon auf der kurzen Strecke zwischen Tiergärtnertorplatz und Weinmarkt gewichen und hatte Raum für eine trotzige Jetzt-erst-recht-Stimmung geschaffen.

Paul bekämpfte die Beklemmung mit Aktivismus, holte sein Fahrrad, das er nahe dem Atelier deponiert hatte, und fädelte sich in den Stadtverkehr ein. Sein Ziel lag in der Wölckernstraße.

Eine Viertelstunde später teilte er sich die Fahrbahn mit vielen Autos, Kleintransportern, der Straßenbahn und immer wieder Fußgängern, die nicht darauf warteten, bis die Ampel für sie grün zeigte. Die von gelegentlichem Klingeln begleitete Slalomfahrt führte Paul entlang einer langen Reihe von vier- und fünfstöckigen Geschäfts- und Wohnhäusern, denen man das Schicksal dieses Stadtteils ansehen konnte. Die Südstadt, in der auch die Metallindustrie angesiedelt gewesen war, galt während des Krieges als besonders gefährdet für Bombenangriffe. Entsprechend bot sich heute das Bild unterschiedlichster Baustile, angefangen bei stolzen Bürgerhäusern aus der Gründerzeit über schlichte Nachkriegsbauten bis hin zu modernen Lückenfüllern aus den jüngsten Jahren. Ein Architekturmix, so bunt wie die Internationalität der Einwohner. Paul mochte diese Vielfalt.

Hirschbergers Antiquitätenhandel belegte das Erdgeschoss eines der Altbauten, dessen solide Fassade mit zahlreichen Steinmetzarbeiten versehen war. Schon als

Paul sein Rad vor dem Schaufenster des Ladens abstellte, konnte er sich davon überzeugen, welche Präferenzen die Kundschaft pflegte: Die martialisch anmutende Auslage umfasste ein breites Sortiment von altmodischen Pistolen und Vorderladern, Messern, Spießen und Dolchen, dazu fernöstliche Wurfsterne und weitere ausgefallene Waffen ihm unbekannter Herkunft. Auch Teile von Rüstungen wie Brustpanzer und Beinscharniere standen zum Verkauf. Ein Eldorado für Sammler antiker Mordwerkzeuge.

Paul hatte gewisse Vorbehalte, als er in den Laden ging, denn das angebotene Sortiment traf nicht gerade seinen Geschmack, und unter normalen Umständen hätte er ein auf solche Dinge spezialisiertes Geschäft wohl gar nicht erst betreten. Innen umfing ihn ein konspiratives Halbdunkel, was daher rührte, dass die Fenster teilweise verhängt waren. Eine günstige Beleuchtung für Kungelgeschäfte, kam es Paul in den Sinn, doch es konnte genauso gut sein, dass der Lichtmangel dem Schutz der angejahrten Exponate dienen sollte. Die trockene, staubige Luft roch nach Waffenöl und Schießpulver, zumindest bildete sich Paul ein, dass der eigentümliche Geruch von solchem Zubehör ausging.

Beim Eintreten löste er eine Klingel aus, und kurz darauf wurde der Vorhang hinter der Kassentheke beiseitegeschoben. Der Mann, der im Verkaufsraum erschien, kam Paul auf Anhieb bekannt vor. Ja, kein Zweifel, das musste Hirschberger sein.

Der Waffenhändler stützte sich mit beiden Händen auf dem Tresen ab, beugte sich leicht nach vorn und fragte mit einer etwas rauchigen Stimme: »Grüß Gott, was kann ich für Sie tun?«

Paul hatte sich in der Kürze der Zeit keinen ausgeklügelten Schlachtplan zurechtgelegt, aber ihm war klar, dass es selten gut ankam, gleich mit der Tür ins Haus zu fallen. Also schlenderte er betont langsam durch den Laden, ließ seine Blicke schweifen und behauptete: »Ihr Geschäft wurde mir empfohlen.«

»So? Das höre ich gern.«

»Ja, man lobt Sie in den höchsten Tönen. Es heißt, Sie können so ziemlich alles besorgen, was das Sammlerherz begehrt.«

»Das ist vielleicht etwas übertrieben, doch ich tue, was ich kann.« Er breitete seine Arme aus und deutete auf sein umfangreiches Sortiment.

»Ich bin wirklich beeindruckt. Mich erstaunt, dass so viel übrig geblieben ist nach all der Zeit.«

»Waffen aller Art wurden schon vor Jahrhunderten in großer Zahl produziert, deswegen können wir bei Standardartikeln noch heute aus dem Vollen schöpfen«, wusste Hirschberger. »Etliche Waffenschmiede zogen ähnlich den Landsknechten von Dienstherr zu Dienstherr, um ihre Leistungen zu verkaufen. Doch schon im Mittelalter sind Waffen auch unter industriellen Bedingungen gefertigt worden. Wenn es galt, einen Feldzug vorzubereiten, wurden sie in gewaltigen Mengen benötigt und in regelrechten Fertigungsketten hergestellt, angefangen bei der Anlieferung von Holz und anderen Materialien über die Verhüttung und Eisenerzeugung bis hin zu Schmiede und Schleiferei. Dank der Massenfabrikation haben Sie heute die Qual der Wahl, mein Herr.« Er tätschelte liebevoll den Griff eines Säbels. »Für welche Waffengattung und Dekade interessieren Sie sich denn?«

»Frühes siebzehntes Jahrhundert«, sagte Paul, während er sich einer Wandhalterung näherte, an der zwei Streitäxte fixiert waren.

»Eine ungemein innovative und kreative Periode«, sagte Hirschberger. »Aus dieser Zeit gingen weitreichende Entwicklungen der Waffentechnik hervor. Ich habe einige Originale vorrätig. Wenn Sie mögen, zeige ich sie Ihnen. Natürlich gibt es auch detailgetreue Nachbildungen, je nach Budget.«

Paul zog gemächlich weiter, bis er eine Palette erreichte, an der ein halbes Dutzend Landschwerter lehnten. »Authentisch soll es sein«, sagte er, »und es soll einen Bezug zur Stadtgeschichte haben.« Er streckte die Hand nach einem der Schwerter aus. Dann ließ er den Namen fallen, um eine Reaktion zu provozieren: »Franz Schmidt – haben Sie etwas von ihm im Sortiment?«

Hirschberger schürzte die Lippen: »Damit kann ich leider nicht dienen. Ein Original, das sich Meister Franz zuordnen lässt, werden Sie im Fachhandel kaum bekommen. So etwas Ausgefallenes lässt sich höchstens im Museum bewundern.«

»Das ist bedauerlich«, sagte Paul und ging auf den Antiquitätenhändler zu. »Ich hatte sehr gehofft, bei Ihnen ein Exemplar seines bevorzugten Werkzeugs erstehen zu können.«

»Was meinen Sie?«

»Ein Ulfberht-Schwert. Angeblich handeln Sie damit.«

Hirschberger zog die Stirn kraus. »Schön wäre es. Ich weiß ja nicht, von wem Sie diesen Tipp bekommen haben, doch leider ist das Unsinn. Ulfberht-Schwerter mögen einmal sehr verbreitet gewesen sein, heute kommt man aber kaum noch an sie heran.« Er fasste unter den Tresen, zog einen dicken Katalog hervor, klatschte den Wälzer auf die Tischplatte und schlug ihn auf. Mit dem Zeigefinger fuhr er über die Einträge des Inhaltsverzeichnisses, bis er einen bestimmten Eintrag gefunden hatte und zur entsprechenden Seite vorblätterte. »Schauen Sie«, sagte er und deutete auf eine Reihe von Fotos. »Das sind Schneiden, die nachgewiesenermaßen aus der legendären Ulfberht-Schmiede stammen und entsprechend gekennzeichnet sind. Allesamt Museumsstücke. Sollte tatsächlich mal ein weiteres auftauchen, landet es auf direktem Weg in einem der namhaften Auktionshäuser – aber gewiss nicht bei Waffen-Hirschberger in der Nürnberger Südstadt.«

Paul fasste sein Gegenüber genauer ins Auge und versuchte aus dessen leicht verschlagenem Gesichtsausdruck zu lesen. »Sie sind ganz sicher, dass Sie in jüngster Zeit niemandem ein solches Schwert verkauft oder an ihn abgetreten haben?«

»Daran würde ich mich ganz sicher erinnern«, antwortete Hirschberger. »Woher stammt Ihr Interesse gerade an dieser Waffe?«

»Lesen Sie denn keine Zeitung?«, entgegnete Paul. »Da läuft ein Wahnsinniger durch die Stadt und tötet Menschen – angeblich mit einem Ulfberht-Schwert. Der Mörder muss es ja von irgendwoher bekommen haben.«

Zum ersten Mal zeigte Hirschberger eine deutliche Regung. Er stieß sich von dem Tresen ab und sah Paul vorwurfsvoll an. »Sind Sie von der Polizei?«

»Nein, nur neugierig.«

»Dann sind Sie mit Ihrer Neugierde an der falschen Adresse.« Hirschberger verschränkte die Arme. »Wenn Sie nichts kaufen möchten, bitte ich Sie, jetzt zu gehen.«

Paul kam der Aufforderung nach, blieb jedoch auf halbem Weg zur Ladentür stehen. »Ach, wenn Sie mir noch eine Frage gestatten: Beliefern Sie auch Kunden am Kornmarkt?«

»Was soll das nun wieder heißen?«, fragte Hirschberger in ruppigem Ton.

»Ich habe Sie dort neulich gesehen und beobachtet, wie Sie Ihre Geschäfte abwickeln.«

Das Gesicht des Waffenhändlers färbte sich dunkelrot. »Verschwinden Sie! Sofort!«

Paul wollte es nicht darauf ankommen lassen, ihn weiter zu provozieren. Doch Hirschbergers Reaktion hatte ihm gezeigt, dass er einen wunden Punkt getroffen hatte. »Auf Wiedersehen«, rief Paul und legte die Hand auf die Klinke.

Kurz bevor er die Tür aufzog, schaute er sich noch einmal um und sah, wie Hirschberger wieder hinter dem Vorhang verschwand. Aus einer Ahnung heraus wartete Paul einen Moment ab – und hörte Stimmen aus dem Hinterraum: die von Hirschberger und die eines anderen Mannes.

Paul spitzte die Ohren, konnte aber keine Silbe verstehen, da sich beide in ihrer Lautstärke zügelten. Klar war jedoch, dass sie sehr kontrovers miteinander sprachen und sich immer wieder ins Wort fielen. Paul nahm an, dass der Disput um seinen Besuch und seine Fragen nach Schmidts Schwert kreiste. Zu gern hätte er erfahren, um wen es sich bei dem Gesprächspartner handelte. Er konnte aber nicht riskieren, sich länger in dem Laden aufzuhalten. Sinnvoller wäre es, sich draußen hinter einer Hausecke zu verbergen, um abzuwarten, wer nach ihm den Laden verließ.

Der Entschluss war gefasst. Paul drückte die Klinke – da fiel sein Blick auf etwas Buntes, das halb hinter dem Türrahmen hervorlugte und das er beim Eintreten nicht bemerkt hatte: ein Skateboard.

# 19

Paul radelte, ohne auf den Verkehr zu achten. Zu sehr wurde er von dem abgelenkt, was sich in seinem Kopf abspielte. Er tat sich verdammt schwer, eine Logik in all diesen Details und Teilaspekten zu erkennen und den großen Zusammenhang zu sehen – ebenso wenig sah er den Fußgänger, den er beim Einfahren in die Königstraße fast über den Haufen fuhr.

»Hast du keine Augen im Kopf?«, fuhr der Passant ihn an. »Depp!«

Paul entschuldigte sich und stieg sicherheitshalber ab. Vielleicht war es doch nicht so klug, das Radfahren dem Unterbewusstsein zu überlassen.

Er wechselte von der Straße auf den Gehweg und passierte diverse Burger-Restaurants, für die diese Gegend optimale Bedingungen bieten musste. Nicht anders war es zu erklären, dass rings um die Einmündung der Luitpoldin die Königstraße eine Bulettenbraterei nach der anderen aufmachte, die meisten im hochpreisigen Segment.

Paul schob sein Rad weiter, bis er jemanden entdeckte, dessen Anblick ihn elektrisierte: Da stand, kurz vorm Eingang zur ehemaligen Shoppingmall City Point, wieder diese Frau!

Während die Unbekannte ihn die letzten Male womöglich verfolgt und beschattet hatte, handelte es sich diesmal aber wirklich nur um eine Zufallsbegegnung. Denn woher hätte sie wissen sollen, dass Paul mit seinem Rad gerade jetzt hier vorbeikam? Die Frau hatte ihn noch nicht entdeckt und schien ahnungslos. Eine gute Gelegenheit, mehr über sie herauszufinden, fand Paul und beschloss, den Spieß umzudrehen. Dieses Mal würde nicht sie ihn, sondern er sie ausspähen.

Er achtete darauf, genügend Abstand zu halten, während er der Frau hinterherging. Er wartete ab, als sie sich an einem Gemüsestand aufhielt, um ihr danach bis zur Ostermayr-Passage zu folgen, wo sie mehrere Minuten verweilte. Paul wurde bereits ungeduldig und fürchtete, sie würde doch noch auf ihn aufmerksam, weil sich seine Silhouette in einem der Schaufenster spiegelte.

Aber dann setzte sie ihren Weg unbekümmert fort, ohne sich umzudrehen. Beim Lorenzer Wetterhäuschen bog sie schließlich nach rechts ab. Paul blieb ihr auf den Fersen und sah zu, wie sie in die Sparkasse an der Lorenzkirche ging. Durch die Scheiben konnte er verfolgen, dass sie sich in einer Schlange vor den Geldautomaten anstellte. Das verschaffte ihm die Gelegenheit, sie in aller Ruhe zu betrachten. Im Profil, von hinten und nach dem Abheben des Geldes von vorn.

Und plötzlich machte es »Klick«. Mit einem Mal fiel Paul ein, wo er diese Frau schon einmal gesehen hatte. Sie war damals zwar ganz anders gekleidet gewesen als heute, trotzdem musste es sich um ein und dieselbe Person handeln.

Er hatte sie auf Joanas Hochzeit kennengelernt. Sie gehörte zu den Gästen, und er hatte ein paar kurze Worte mit ihr gewechselt.

Er wunderte sich sehr darüber, dass die Frau ihm nachstellte. Paul nahm sich vor, den Grund dafür herauszufinden, und wollte warten, bis sie die Bank verließ. Dann würde er sie abpassen und ihr ein paar Fragen stellen. Fragen, die sich gewaschen hatten, denn er hatte es nicht gern, wenn man ihm ungefragt zu sehr auf den Leib rückte. Er lehnte das Rad an einen Baum und machte sich bereit.

Dummerweise beendeten mehrere Kunden gleichzeitig ihre Bankgeschäfte, weshalb neben der Frau noch zwei weitere Personen herauskamen. Als Paul sich ihnen in den Weg stellte und die Frau erschreckt zusammenfuhr, erregte das die Aufmerksamkeit der beiden anderen, zwei Männern um die vierzig. Sie blieben stehen und beäugten Paul ablehnend, als er versuchte, die Frau am Weitergehen zu hindern.

»Lassen Sie sie in Frieden«, forderte der eine.

Der andere sah Paul böse an, während sich die Frau zwischen ihnen hindurchwand und es eilig hatte, weiterzukommen.

Paul wollte ihr nachsetzen, doch der Kerl, der ihn angesprochen hatte, hatte andere Pläne. Er packte Paul am Arm und hielt ihn fest. »Hiergeblieben«, sagte er mit einem Ton, der ähnlich stählern war wie sein Griff. »Ich kann es nicht leiden, wenn man die Ladys nicht gut behandelt.«

»Hören Sie …«, setzte Paul an und musste zusehen, wie die Frau in Richtung Heimatministerium entkam.

»Nein, jetzt hören Sie zu: Zeigen Sie das nächste Mal mehr Respekt vor der Frau. Verstanden?«

Mit diesen Worten löste sich der Schraubstock um Pauls Arm. Doch von der Hochzeitsbesucherin war nichts mehr zu sehen. Sie hatte sich in Luft aufgelöst wie schon die letzten Male.

Immerhin wusste Paul jetzt, woher er sie kannte.

# 20

Fünf Tage waren vergangen, seitdem Paul seine grausige Entdeckung in den Burggärten gemacht hatte. In der Zwischenzeit hatte er sich mehr oder weniger erfolgreich bemüht, Licht ins Dunkel des Falls zu bringen. Heute, an diesem strahlenden Spätsommertag, musste er die Aufklärung des Mordes allerdings hintanstellen, denn er war mit Hannah zum Helfen im *Goldenen Ritter* eingeteilt: Dieses Wochenende sollte der große Baggers-Wettbewerb stattfinden!

Während Hannah für die Feinarbeit vorgesehen war und sich um das Dekomaterial kümmerte, musste Paul Bierbänke schleppen. Der Weinmarkt war schon seit dem Vorabend für den Verkehr gesperrt, sodass Jan-Patrick seinen Bewirtungsbereich großzügig ausweiten durfte. Bei den vielen Bänken und Tischen, die Paul von der Ladefläche eines Brauereilastwagens wuchtete, musste der Wirt mit einem überaus großen Zuspruch rechnen. Vielleicht wollte Jan-Patrick aber auch einfach nur den Mitbewerbern so viele Kunden wie möglich abspenstig machen. Wie auch immer: Pauls Job erwies sich als ausgesprochen schweißtreibend. Nach einem Dutzend Bierbankgarnituren legte er eine Pause ein, wischte sich die Stirn und leerte die Halbe Radler, die der Wirt ihm hingestellt hatte, in wenigen großen Schlucken.

»Nicht so hastig, Sportsfreund«, sprach Jan-Patrick ihn an. »Alkohol ohne Grundlage macht träge und schadet der Arbeitsmoral.« Er setzte Paul einen Teller vor und drückte ihm Besteck in die Hand. »Hier! Probieren! Das wird das Highlight des Wettbewerbs: der Triple-Baggers.«

Paul bewunderte den handtellergroßen Kartoffelpuffer, der mit einer cremigen, sämigen Auflage bestrichen und mit feuerrotem Pulver bestreut war. »Der Show-Wert ist schon mal ziemlich hoch. Was ist das denn Feines?«

»Obatzter mit Kren und Paprika, alle Zutaten kommen garantiert aus dem Frankenland. Der Kren-Obatzter entwickelt im Vergleich zu den Röstaromen der Grundlage einen reizvollen geschmacklichen Kontrast, findest du nicht auch?«

Paul biss hinein und nickte. »Ouabsoluuut empfffäählenswert!«, stimmte er mit vollem Mund zu.

Jan-Patrick grinste breit, aber dann legte sich ein Schatten über sein Gesicht. Paul folgte dem Blick seines Freundes und sah, wie beim gegenüberliegenden Nobelrestaurant eine Tafel mit Speiseempfehlungen aufgestellt wurde. In großen, mit Kreide geschriebenen Lettern pries die Konkurrenz ihre Kartoffelpufferspezialitäten an.

»Baggers mit Filetspitzen vom Rind in Steinpilzsauce«, las Jan-Patrick vor. Zähneknirschend fuhr er fort: »Baggers mit gebratenen Knoblauchgarnelen. Ich glaube, ich spinne! Fehlt nur noch eine Trüffelvariante.«

»Da sind mir deine bodenständigen Variationen lieber«, übte sich Paul im Trost, erreichte damit aber nur das Gegenteil.

»Was soll denn das heißen? ›Bodenständig‹ – auch bei mir kommt der Gast in den Genuss einer Küche, die allen Ansprüchen gerecht wird. Nur eben nicht so überkandidelt wie bei denen dort drüben.«

»Du musst ja nicht gleich in die Luft gehen, bloß weil ein Mitbewerber andere Ideen hat als du«, entgegnete Paul. »Obwohl das mit den Filetspitzen gar nicht mal so schlecht klingt ...«

Jan-Patrick riss ihm den Teller weg. »Genug pausiert!«, bestimmte er. »Du wirst hier schließlich nicht fürs Nichtstun bezahlt.«

»Ich werde gar nicht bezahlt«, protestierte Paul.

Gerade wollte er sich erheben, um sich die nächste Bierbank unter den Arm zu klemmen, da meldete sich sein Handy. Eine ihm unbekannte Nummer.

»Ja?«, meldete er sich, worauf zunächst keine Reaktion kam. »Hallo? Wer ist dran?«

»Spreche ich mit Paul Flemming?« Eine Männerstimme, die Paul noch nie gehört hatte.

»Ja, am Apparat. Und Sie sind wer?«

»Marvin Abelein.«

»Oh«, sagte Paul und entfernte sich von Jan-Patrick und den Bierbänken. »Woher ...«

»Woher ich Ihre Nummer habe? Diana hat sie mir gegeben.«

»Diana?«

»Das Mädchen, das Sie vor ein paar Tagen beim Skaten fotografiert haben. Diana hat gesagt, dass Sie sich nach mir erkundigt haben. Stimmt das?«

»Ja, das ist richtig.«

Kurz herrschte Stille. Dann sagte Marvin: »Ich weiß, dass Sie sich für die Frauenmorde interessieren. Sie sind hinter dem her, der das getan hat. Richtig?«

»Auch das trifft zu, ja.«

»Okay, dann wissen Sie ja, dass ich deswegen schon mit der Polizei zu tun hatte. Was mir total gegen den Strich geht, weil ich mit all dem überhaupt nichts am Hut habe. Aber die Bullen trauen mir nicht über den Weg. Und das bloß wegen ein paar harmlosen Sachen, mit denen sie mich vor ein paar Jahren drangekriegt haben.«

»Drogen«, gab Paul sein Wissen preis.

»Was heißt denn schon Drogen? Es war Hasch. Ein Zeug, das in anderen Ländern so legal zu haben ist wie Alkohol bei uns.«

»Wenn Sie behaupten, Sie hätten mit den Morden nichts zu tun, weshalb rufen Sie dann überhaupt an?«

»Ich habe vielleicht etwas für Sie.«

»Schießen Sie los!«

»Diese Polizistin, die mich verhört hat – die kennen Sie, oder?«

»Ja, Jasmin Stahl und ich sind befreundet.«

»Dann wissen Sie wohl schon, in welcher Form meine DNA am Tatort vorgelegen hat.«

»Nein«, sagte Paul und wunderte sich.

»Es waren Haare von mir.«

»Okay – aber was ändert das?«

»Eine ganze Menge, würde ich sagen. Ich habe ziemlich lange gebraucht, bis ich draufgekommen bin, wie die Haare überhaupt dorthin gelangt sind, wo die erste Frau starb. Also in den Cramer-Klett-Park. Da hänge ich nie ab. Keine gute Location für Skater. Das habe ich auch der Polizistin gesagt: Dass ich keinen blassen Schimmer habe, warum Haare von mir ausgerechnet in diesem Park gewesen sein sollen.«

»Und jetzt kennen Sie die Lösung?«

»Ja. Mir ist inzwischen klar, dass das kein Zufall sein kann, wenn die Polizei ausgerechnet meine Haare dort findet. Jemand hat sie da hingebracht. Ich kann mir inzwischen auch denken, wer das gewesen ist.«

»Wirklich? Dann muss das die Polizei erfahren«, sagte Paul ohne Zögern. »Setzen Sie sich mit Oberkommissarin Stahl in Verbindung.«

»Vergessen Sie das. Freiwillig lasse ich mich von Ihrer Freundin nicht noch einmal in die Mangel nehmen. Wenn, dann sage ich es Ihnen. Sie können selbst entscheiden, was Sie mit der Info anfangen.«

»Also gut.« Paul holte Luft. »Wem trauen Sie es zu, Ihre Haare als falsche Fährte ausgelegt zu haben?«

»Nicht missverstehen, aber ich habe eine ganze Menge Ärger und Stress wegen dieser Sache. Sie haben doch auch Connections zur Presse, oder?«

»Ja, aber was ...«

»Denen können Sie meine Geschichte verkaufen, aber dafür möchte auch ich ein paar Euro sehen. Überlegen Sie es sich. Wenn Sie sich entschieden haben, kommen Sie zum GNM. Sie wissen ja, wo Sie mich da finden.«

Damit endete das Gespräch, ohne dass Paul die Möglichkeit hatte zu widersprechen. Er versuchte Marvin zurückzurufen, doch der ging nicht dran. Eine schöne Bescherung!

Pauls erster Impuls war, den Anruf sofort bei Jasmin zu melden. Doch er kam nicht dazu. Erst jetzt merkte er, dass er Gesellschaft bekommen hatte: Hannah stand direkt hinter ihm – und hatte wohl alles mitgehört!

»Das ist deine Chance«, sagte sie mit großen Augen. »Geh gleich hin und schieb es nicht auf die lange Bank. Wer weiß, sonst überlegt es sich dieser Typ noch mal anders.«

»Ich halte das für keine gute Idee«, widersprach Paul. »Wenn Marvin wirklich Hinweise auf den Täter hat, ihn womöglich sogar persönlich kennt, muss sich die Polizei darum kümmern. Alles andere wäre unverantwortlich und vielleicht sogar gefährlich.«

»Gefährlich?« Hannah zeigte in den Himmel. »Es ist helllichter Tag, und am Kornmarkt wimmelt es um diese Zeit von Menschen. Wenn du dich jetzt mit Marvin triffst, wird garantiert nichts passieren. Sei nicht ein solcher Hasenfuß, ist doch sonst nicht deine Art.«

»Haha. Ich versuche lediglich, im reiferen Alter auch reifere Entscheidungen zu treffen.«

»Vergiss es, Paul, so was passt einfach nicht zu dir.« Entschlossen fügte sie hinzu: »Komm! Lass uns gehen und die Sache hinter uns bringen. Ich bin dabei und stärke dir den Rücken.«

»Halt, halt, halt! Wo wollt ihr hin? Die Arbeit ist noch nicht getan!«, rief Jan-Patrick ihnen nach. »Der Lkw muss leer geräumt werden, sonst muss ich einen Zuschlag zahlen.«

Paul und Hannah wechselten einen schnellen Blick. »Tun wir ihm den Gefallen, bevor wir gehen«, befand Hannah. »Mit vereinten Kräften sind wir in ein paar Minuten fertig.«

## 21

Aus den paar Minuten war dann doch eine knappe halbe Stunde geworden, bevor sie sich vor weiteren Arbeitsaufträgen drücken konnten, um in Richtung Kornmarkt zu flüchten.

»Ich bin echt gespannt, was dieser Marvin zu sagen hat«, meinte Hannah, während sie sich durch die Fußgängerzone schlängelten. »Ich meine, ob er wirklich einen konkreten Verdacht hat oder doch bloß aufs Geld aus ist, das er sich durch eine Zeitungsstory verspricht.«

»Wir werden es bald wissen«, entgegnete Paul, der immer unruhiger wurde, je näher sie ihrem Ziel kamen.

Als sich ihnen der Blick auf den Kornmarkt öffnete, fielen ihnen gleich die Einsatzfahrzeuge auf, die kreuz und quer vor der Straße der Menschenrechte standen. Notarztwagen, Krankentransporter, Polizei, alle mit eingeschaltetem Blaulicht. Direkt daneben hatte sich eine Menschentraube gebildet.

Paul schwante Böses, als er sich mit Hannah eine Schneise durch die Schaulustigen bahnte. Sie schafften es bis in die erste Reihe und sahen, wie ein Notarzt und zwei Sanitäter um das Leben eines Patienten kämpften. Dieser lag auf einer Trage und hatte eine knöchellange Sporthose und einen Kapuzenpulli an. Paul stellte sich auf die Zehenspitzen und konnte einen Blick auf das Gesicht erhaschen. Wie befürchtet handelte es sich bei dem Verletzten um Marvin Abelein.

»Was ist passiert?«, erkundigte sich Hannah bei einer Nebenstehenden.

Die junge Frau war kreidebleich und zitterte. »Marvin ist bei einem Pole Jam verunglückt«, antwortete sie mit tränenerstickter Stimme.

»Wobei?«, fragte Paul.

»Ein Pole ist eine Stange, die aus dem Boden ragt. Du fährst darauf zu, grindest hoch und schanzt dich oben durch Geschwindigkeit raus.«

Paul richtete seinen Blick wieder auf die Helfer und musste zusehen, wie der Notarzt den Kopf schüttelte und die Rettungsversuche einstellte. Einer der Sanitäter zog Marvin die Decke über den Kopf.

»Er ist tot«, sprach Hannah aus, was leider offensichtlich war.

»Hast du gesehen, wie es passiert ist?«, fragte Paul die Skaterin neben sich.

»Nein, Marvin war allein … Wir kamen erst dazu, als er schon am Boden lag.«

»Wo ist dieser Pole, an dem Marvin verunglückt ist?«

Die junge Frau zeigte zur Fassade des Museums. »Seitlich neben dem Altbau. Man kann es von hier aus nicht sehen.«

Da klar war, dass sie nichts mehr für Marvin tun konnten, zogen sich Paul und Hannah aus der Gruppe der Umstehenden zurück.

»Und nun?«, fragte Hannah, die ebenfalls etwas blass um die Nase war.

»Nun sehen wir uns den Unfallort an«, entschied Paul und strebte dem Museumsbau entgegen. Wie von der Skaterin beschrieben, zweigte von dem Vorplatz ein schmaler Seitenweg ab, und tatsächlich fanden sich dort mehrere schräg gestellte Edelstahlrohre. Sie mochten der Verkehrsberuhigung dienen oder als eine Art Kunst am Bau – wie auch immer: Paul betrachtete es als ein halsbrecherisches

Unterfangen, einen solchen massiven Pfahl mit einem Skateboard zu erklimmen.

Neben einer der Stangen entdeckte Hannah einen roten Fleck am Boden. Sie bückte sich und sagte: »Hier muss er aufgeschlagen sein.«

Paul nickte mit betroffenem Blick. Dann nahm er ein Stück Papier wahr, das neben einem der Pfähle lag. Abfall, dachte er zunächst, ging aber hin und hob es auf.

Ein Briefumschlag, stellte er fest – und merkte, wie sein Herzschlag anzog. Das Kuvert bestand aus demselben hochwertigen Material wie das der Bekennerschreiben an den Tatorten der beiden Frauenmorde. Eine weitere Botschaft von Schmidt?

»Was hast du da?«, fragte Hannah.

»Wahrscheinlich den Beleg dafür, dass Marvin nicht an einem missglückten Skatertrick gestorben ist.« Er hielt ihr den Brief mit spitzen Fingern hin. »Das hier stammt von unserem Täter, jede Wette.«

»Willst du ihn öffnen?«

»Nein. Das muss Jasmin machen. Ich werde sie gleich anrufen.«

Nachdem sie die Gasse verlassen hatten und zurück auf dem Platz waren, reichte er Hannah den Brief, die ihn mithilfe eines Papiertaschentuchs annahm, um keine Fingerabdrücke zu hinterlassen.

Paul zog das Handy aus der Tasche, doch im selben Moment machte er eine weitere Entdeckung: Am Rande der Menschentraube sah er wieder die Frau von der Hochzeit!

Jetzt kannte er kein Halten mehr. »Übernimm du das mit dem Anruf. Sag Jasmin, was wir entdeckt haben«, rief er Hannah zu und begann zu rennen.

»Und was machst du?«, schrie sie ihm nach.

»Etwas erledigen!«

Paul kam bis auf zehn Meter an die Frau heran, bevor sie ihn bemerkte. Wieder wollte sie sich absetzen und tauchte in der Menschenmenge unter, doch diesmal war Paul fest entschlossen, sich nicht abschütteln zu lassen. Er arbeitete sich mit den Ellenbogen nach vorn und versuchte dabei, die Frau nicht aus den Augen zu verlieren.

Diese schaute sich immer wieder nach ihm um, lief im Zickzack durch die Menge und probierte schließlich, in die Straße der Menschenrechte zu entkommen. Paul blieb am Ball und sah, wie sie hinter einer der hoch aufragenden, weißen Säulen Schutz suchte, auf denen die Menschenrechte in verschiedenen Sprachen eingemeißelt waren.

Obwohl er sie direkt hinter dem Rundpfeiler mit dem Artikel 1, »Alle Menschen sind frei«, erwischte, kannte er keine Scheu, sie am Arm festzuhalten und ihrer Flucht ein Ende zu setzen.

»Lassen Sie mich los!« Ihre Augen funkelten Paul feindselig an.

»Das werde ich tun. Aber erst, nachdem Sie mir verraten haben, weshalb Sie mir ständig nachgehen«, beharrte Paul.

»Das bilden Sie sich ein.«

»Tu ich nicht! Warum beschatten Sie mich?«

Die Frau versuchte ihn abzuschütteln, doch Paul ließ nicht locker. »Wenn Sie mich nicht sofort loslassen, rufe ich um Hilfe.«

»Machen Sie nur! Die Polizei ist ja gerade in der Nähe, dann können Sie den Beamten gleich erklären, warum Sie mich seit Tagen stalken.« Er sah sie drohend an. »Ich weiß, dass Sie auf der Hochzeit von Joana und Marc waren. Dort habe ich Sie das erste Mal gesehen. Haben Sie etwas mit den Morden zu tun?«

Die Frau startete einen weiteren halbherzigen Ausbruchsversuch. Doch dann gab sie ihren Widerstand endlich auf und erklärte mit bebenden Lippen: »Joana war meine beste Freundin. Wir kannten uns schon seit dem Kindergarten. Ich kann einfach nicht glauben, was ihr widerfahren ist. Welcher Teufel hat ihr das angetan?«

Paul sah, wie sich die Tränen in ihren Augen sammelten. Ihre Trauer wirkte authentisch. »Das tut mir sehr leid, aber ich verstehe immer noch nicht, weshalb Sie hinter *mir* her sind.«

Nun brach es mit aller Macht aus ihr heraus: »Weil ich demjenigen, der das getan hat, in die Augen blicken will! Ich muss dieses Monster sehen, eher finde ich keine Ruhe.«

»Aber Sie haben doch nicht etwa mich unter Verdacht?«

»Sie? Nein!« Sie sah ihn verwundert an. »Ich hoffte nur, dass Sie mich zu ihm führen. Schon am Tag, als es passierte, ist mir aufgefallen, dass Sie die Ermittlerin gut kennen. Also habe ich Sie beobachtet und gemerkt, dass Sie Ihre eigenen Nachforschungen anstellen.«

»Das erklärt einiges«, sagte Paul und ließ sie los.

Die Frau rieb sich den Arm. »Hat der verunglückte Skater etwas mit Joanas Tod zu tun? Ist er es womöglich selbst gewesen, der sie umgebracht hat?«

»Nein«, antwortete Paul. »Sehr wahrscheinlich nicht.«

»Aber er hatte etwas damit zu tun?«

»Leider weiß ich nichts Genaueres. Ich fürchte, Sie haben auf den Falschen gesetzt, als Sie mich auswählten.«

»Das glaube ich nicht. Sie tun wenigstens etwas – im Gegensatz zur Polizei. Joana ist jetzt bald eine Woche tot, aber ihr Mörder läuft noch immer frei herum.«

»Mordermittlungen nehmen mitunter viel Zeit in Anspruch«, versuchte Paul zu erklären, »es soll am Ende ja nicht der Falsche vor dem Richter stehen.« Dann fiel ihm ein, dass Joanas beste Freundin vielleicht selbst etwas Wesentliches zur Aufklärung beitragen könnte: »Sagt Ihnen der Name Theresa Wohlleben etwas?«

»Nein«, sagte die Frau, um kurz darauf zu revidieren: »Doch! Ich habe diesen Namen in der Zeitung gelesen. Das andere Opfer, richtig?«

Paul nickte. »Ihr ist das Gleiche widerfahren wie Ihrer Freundin: Ihre kopflose Leiche wurde im Cramer-Klett-Park aufgefunden.«

»Schrecklich. Die arme Frau.«

»Ja, furchtbar. Persönlich kannten Sie sie aber nicht?«

»Nein.«

»Und Joana? Hat sie den Namen Wohlleben Ihnen gegenüber mal erwähnt? Vielleicht im Zusammenhang mit ihrem Studium?«

»Nicht dass ich wüsste. Warum?«

»Weil sich beide an der Uni Erlangen kennengelernt haben könnten. Frau Wohlleben arbeitete dort in der Verwaltung.«

Die Frau kräuselte nachdenklich die Stirn. »Es ist eine ganze Weile her, dass Joana an der Uni war. Ihre einzigen Bekanntschaften waren meines Wissens nach ihre Kommilitonen. Mit einigen hielt sie weiter Kontakt, drei waren sogar auf der Hochzeit. Aber diese Frau Wohlleben – nein, ich wüsste nicht, was Joana mit ihr zu tun gehabt haben sollte.«

»Die Zeit an der Uni stellt bisher die einzige Gemeinsamkeit der beiden Opfer dar«, begründete Paul sein Interesse. »Gibt es irgendetwas, das Ihnen dazu einfällt?«

»Nein.« Sie stockte. »Bis auf ...«

»Bis auf?«

»Ach, das spielt sicher keine Rolle.«

»Sagen Sie es mir trotzdem, bitte.«

»Joana hatte mal Probleme mit einem aufdringlichen Verehrer. Das hat ihr eine Weile echt zu schaffen gemacht. Aber sie ist dagegen vorgegangen.«

»Kennen Sie Einzelheiten? Wissen Sie, wer dieser Verehrer war?«

»Nein, Joana mochte nicht darüber reden. Das Ganze war ihr sehr unangenehm, und sie war froh, als es aufhörte. Auch später hat sie nie mehr darüber gesprochen. Dieses Kapitel war für sie abgeschlossen.«

»Einer ihrer Kommilitonen, eine studentische Hilfskraft oder einer von den Dozenten?«, blieb Paul beharrlich.

Sie zuckte die Schultern. »Joana hat mir nie Einzelheiten erzählt, wollte alles so schnell wie möglich vergessen. Auch Marc weiß nichts von alledem, vermute ich – Joana wollte ihre Beziehung nicht damit belasten.«

Immerhin ein Ansatz, dachte Paul und hätte gern mehr erfahren. »Sonst fällt Ihnen nichts dazu ein.«

»Nein, wirklich nicht.«

»Falls doch: Sie wissen ja, wie Sie mich finden.«

Der Frau gelang ein schwaches Lächeln. »Ja, das weiß ich.«

# 22

»Möchtest du einen Kaffee, Paul?«

»Du weißt, dass ich eure Automatenbrühe nicht ausstehen kann.«

»Dann eben nicht«, gab Jasmin patzig zurück.

Der Vorfall mit Marvin lag keine zwei Stunden zurück. Nun saßen sie in ihrem Büro im Polizeipräsidium, und Jasmins fuchsrotes Haar stand so widerborstig ab, als wollte es sich gegen Pauls Anwesenheit auflehnen.

»Schon wieder eine Leiche – und schon wieder bist du dabei«, sagte sie kopfschüttelnd. »Kann das noch Zufall sein?«

»Nein, und du weißt genau, warum«, sagte Paul, der ihr gegenübersaß. »Ich hatte mir durch Marvin Informationen über den Täter erhofft.«

»Dieser ist dir jedoch zuvorgekommen«, sagte Jasmin mit bitterem Unterton. »Es ist wirklich an der Zeit, dass du uns Profis das Ermitteln überlässt.«

Paul schluckte die Kröte und erkundigte sich zurückhaltend: »Ist es denn überhaupt sicher, dass dieser Schmidt-Imitator das zu verantworten hat?«

»Das Bekennerschreiben, das du gefunden hast, spricht für sich. Unser Graphologe muss es zwar noch auf Echtheit prüfen, aber in meinen Augen stammt es aus derselben Quelle wie schon bei den beiden Frauenmorden und dem Drohbrief an dich.«

»Aber wieso zieht der Mörder in diesem Fall die Aufmerksamkeit auf sich? Diesmal ist es doch allem Anschein nach ein Unfall gewesen.«

»Eben nicht!«, korrigierte ihn Jasmin. »Marvin Abeleins Genick wurde gebrochen, doch laut erstem Befund keineswegs aufgrund einer besonders waghalsigen Aktion auf dem Brett, sondern durch äußere Gewalteinwirkung. Jemand hat ihm einen harten Schlag verpasst. So stark, dass es zu mehreren Wirbelfrakturen kam.«

Paul rieb sich nachdenklich das Kinn. »Wenn es Mord gewesen sein soll, weshalb ist Schmidt nicht bei seinem üblichen Verfahren geblieben und hat das Schwert benutzt?«

»Das wissen wir nicht, doch ich nehme an, dass ihm dafür keine Zeit blieb. Möglicherweise hat er das Telefongespräch zwischen dir und Marvin mitbekommen und musste anschließend schnell handeln, war gezwungen zu improvisieren und griff deshalb zu einem anderen Gegenstand. Wir suchen noch danach.«

»Wie passt dann seine Nachricht dazu, die er am Tatort hinterlegt hat? Die muss er ja vorbereitet haben.«

»Die Karte war völlig neutral gehalten und enthielt lediglich seine Grußfloskel. Wahrscheinlich trug er sie bei sich und legte sie ab – als weitere Mahnung und Warnung für dich.«

»Mach mir keine Angst.«

»Die solltest du aber haben, Paul. Ich bin am Überlegen, ob das mit dem Polizeischutz nicht doch angebracht wäre. Alternativ könnten wir dich für ein paar Tage in Schutzhaft nehmen. Hast du deine Zahnbürste dabei? Dann vollziehen wir es sofort.«

»Nein, danke«, wehrte Paul ab. »Nehmt lieber Hirschberger in Haft, denn alles spricht dafür, dass er es gewesen ist.«

»Alles spricht dafür?« Jasmin sah ihn zweifelnd an. »Wir haben ihn befragt, gleich nachdem du uns den Hinweis gegeben hattest, dass er angeblich mit Rauschmitteln dealt.«

»Habt ihr?«, fragte Paul erstaunt. Er hatte angenommen, Jasmin würde ihn und seine Eingaben nicht ernst nehmen.

»Ja, Paul, und weißt du, was dabei herausgekommen ist?«

»Sag's mir!«

»Dass er den Jugendlichen keine Drogen vertickt, sondern Pflegemittel.«

»Bitte?«

»Fette, Spezialöle und Pulver zur Behandlung von Kugellagern, Dichtungsscheiben, Rollen und Federn. Diese Mittelchen, die Hirschberger auch für die Pflege seiner Waffen benutzt, sind bei den Kids heiß begehrt – und für ihn bietet sich ein lukratives Nebengeschäft. Das Ganze läuft übrigens völlig legal ab, denn jeder dieser Straßenverkäufe taucht fein säuberlich und korrekt in seiner Buchführung auf.«

Paul war baff über diese Erklärung. Konnte er wirklich dermaßen danebengelegen haben? »Trotzdem müsst ihr diesen Mann noch einmal überprüfen«, beharrte er auf seinem Verdacht. »Findet heraus, wo er sich aufgehalten hat, als das mit Marvin passierte.«

Jasmin setzte ihre Handkante an die Stirn. »Jawoll, Chef!«

Paul schob den Stuhl zurück und stand auf. »Ich gehe dann mal wieder«, sagte er ziemlich kleinlaut.

»Du bist sicher, dass du mein Schutzhaft-Angebot nicht wahrnehmen willst?«, fragte Jasmin.

»Sehr witzig. Mach's gut!«

# 23

Der große Tag war gekommen – besser gesagt: der große Abend. Das Weinmarktfest startete am späten Nachmittag, und Paul und Katinka hatten sich zu diesem Anlass zünftig-rustikal gekleidet: Sie trug ein Kleid mit Trachtenapplikationen und er den einzigen Janker, den er besaß.

Die Sonne stand schon tief, als sie in die Menschentraube eintauchten, die sich um einen großen Brunnen mitten auf dem Weinmarkt versammelt hatte. Eine Klopfprobe mit den Fingerkuppen zeigte Paul, dass er aus Pappmaschee gefertigt war.

»Historische Dokumente belegen, dass sich die Anwohner an dieser Stelle einst mit Frischwasser versorgt haben«, sagte jemand neben ihm. »Der Brunnen speiste sich damals aus den Lochwasserleitungen tief unten im felsigen Burgberg.« Dieser Jemand trug ebenfalls einen braunen Lederjanker mit Hornknöpfen über einem rot-weiß karierten Hemd.

Paul erkannte Jens Wolf erst auf den zweiten Blick. »Ach«, sagte er, »guten Abend, Herr Vikar. Darf ich Ihnen meine Frau vorstellen? Katinka Blohm.«

»Sehr erfreut«, sagte Wolf und nickte ihr freundlich zu. »Ist es nicht herrlich, wie viel Leben hier herrscht? Ein schöner Beleg dafür, dass der Weinmarkt von einer Verkehrsberuhigung profitieren würde.«

»Sagen Sie das lieber nicht zu laut«, empfahl Paul. »Nicht dass Sie die Hälfte Ihrer Gemeindemitglieder vor den Kopf stoßen.«

Damit verabschiedeten sie sich von dem Geistlichen und zogen weiter.

»Macht einen sympathischen Eindruck, der Neue«, meinte Katinka.

»Ja, aber ich traue ihm nicht recht über den Weg«, entgegnete Paul. »Wusstest du, dass er in Studentenzeiten eine Arbeit über Franz Schmidt verfasst hat?«

»Na und?«, fragte Katinka. »Soll jetzt etwa jeder verdächtig sein, der sich für den alten Henker interessiert? Ich fürchte, da käme eine lange Liste zusammen.«

»Aber als ich ihn neulich auf Schmidt angesprochen habe, tat er so, als würde er gerade erst damit anfangen, sich mit dem Thema zu beschäftigen.«

»Warum wohl?«

»Ja, warum?«

»Weil er erstens nicht den Eindruck eines Angebers erweckt, der mit früheren akademischen Leistungen prahlt.«

»Und zweitens?«

»Zweitens wollte er sich bestimmt nicht vor Hannes Fink damit brüsten, sondern den Älteren im Glauben lassen, er sei der Beschlagenere in Sachen Stadtgeschichte. Demut vor dem Amtsvorgänger.«

»Meinst du wirklich?«

»Ja, das meine ich, Paul.«

Im Gedränge, über das sich der Geruch nach in Fett gebackenen Kartoffelpuffern und diversen Zutaten legte, entdeckte Paul bald weitere bekannte Gesichter: Hannes Fink im Gespräch mit zwei Einzelhändlern, Fremdenführer Larry, der an einer Biertheke anstand und Hannah in Begleitung eines jungen Mannes.

»Also doch ein neuer Freund!«, mutmaßte Paul und reckte den Hals.

»Schon möglich«, sagte Katinka und sah ebenfalls interessiert hin. »Mir wurde er aber noch nicht vorgestellt.«

»Es macht auch nicht den Anschein, als hätte sie es heute vor. Schau: Sie hat uns gesehen, und jetzt geht sie bewusst in eine andere Richtung.«

»Wundert mich nicht. Sie hat halt keine besonders guten Erfahrungen gemacht, was den Umgang ihres Stiefvaters mit ihren Liebhabern anbelangt.«

»Musst du immer auf diesen alten Geschichten herumreiten ...«

»Du bist es gewesen, der mit dem Thema angefangen hat.«

Sie bummelten weiter, und Paul sah kurz darauf den nächsten Bekannten: Waffenhändler Hirschberger stand bei einem Glas Weißwein neben einem örtlichen Antiquitätenhändler und tauschte sich lebhaft mit ihm aus. Wenige Schritte davon entfernt fand Paul die beste Freundin von Joana. Diesmal machte er sich über ihre Anwesenheit nicht mehr so viele Gedanken, er kannte ja mittlerweile ihre Beweggründe.

Sie kamen am *Goldenen Ritter* an, wo die Bierbänke bis zum letzten Zentimeter besetzt waren. Gleich darauf kam Jan-Patrick mit einem riesigen Tablett, auf dem sich die Baggers stapelten, aus dem Gastraum. Als er Paul und Katinka erkannte, nickte er ihnen kurz zu. Für Konversation war hingegen keine Zeit. Vielleicht später, dachte Paul.

»Jan-Patricks Baggers kennen wir nun ja schon«, raunte er Katinka zu. »Meinst du, wir können es wagen, auch mal bei der Konkurrenz reinzuschmecken?«

Katinka lächelte ihn verschwörerisch an. Beide stahlen sich die Steintreppe zur *Alten Küch'n* hinauf, wo eine Tafel mit der Botschaft warb: »Unsere Baggers werden ausschließlich aus Kartoffeln von Nürnberger Bauern nach altem Hausrezept täglich frisch für Sie zubereitet.« Katinka ließ sich eine Portion mit Räucherlachs und Preiselbeermeerrettich geben, während Paul sich für das »Baggers Spezial« mit Champignons, Salami, Schinken, Paprika und überbackenem Käse entschied.

»Na, du lässt es ja krachen«, meinte Katinka und kniff Paul in den Hüftring.

»Jan-Patrick hat neulich gesagt, man braucht eine Grundlage, bevor man zum gemütlichen Teil übergeht.«

»Der gemütliche Teil in Form von Bier, Wein und Obstbränden aus der Fränkischen?«

»In der Reihenfolge, genau.«

Sie kamen gerade rechtzeitig zurück auf den Weinmarkt, um den Auftritt der Zweiten Bürgermeisterin mitzubekommen, einer schlanken, aufrechten Person mit platinblond gefärbtem Haar. Die geübte Rednerin umschiffte geschickt das heikle Thema eines dauerhaften Autoverbots und ging stattdessen gleich auf den Einfallsreichtum der umliegenden Gastronomen ein: »Die Ausschreibung des Baggers-Wettbewerbs hat ins Schwarze getroffen!«, tönte ihre Stimme aus zwei großen Lautsprechern links und rechts von einer provisorischen Bühne. »Die rege Beteiligung stellt unter Beweis, dass unsere hochgeschätzten Nürnberger Spezialitäten weit mehr sind als eine folkloristische Randnote der beliebten fränkischen Küche. Sie machen es spannend, unsere kreativen Küchenakrobaten – ködern uns mit den außergewöhnlichsten Variationen, einfallsreichen Neuentwicklungen und der Verwendung hochwertigster Zutaten. Doch die Jury wird knallhart sein, denn sie setzt sich aus den Gästen dieses Festes zusammen, deren Geschmack in Summe unbestechlich und unbeirrbar ist. Sie alle, meine Damen und Herren, können Ihren persönlichen Favoriten, die Baggers-Kreation Ihres Herzens, auswählen, indem Sie eine der überall ausliegenden Teilnehmerkärtchen ausfüllen.«

»Dürfen wir da auch das ›Baggers Spezial‹ der *Alten Küch'n* ankreuzen?«, zischte Paul Katinka ins Ohr.

»Untersteh dich! Wenn das rauskommt, streicht Jan-Patrick gnadenlos unsere Stammplätze in seiner Erkernische.«

»Ja, man hat es nicht leicht an einem solchen Tag. Ich möchte Ihnen die Entscheidung nicht abnehmen, liebe Gäste«, rief die Bürgermeisterin in die Menge. »Ich bin überaus gespannt, wer die Siegerprämie von fünfhundert Euro entgegennehmen wird. Der eigentliche Gewinn liegt aber wohl nicht im Preisgeld, sondern im Renommee: Ich bin sicher, dass sich die Kunde von der besten Baggers-Küche weit und breit in Windeseile herumsprechen und dem Sieger oder der Siegerin ein volles Haus bescheren wird. Das wünsche ich ihm oder ihr von ganzem Herzen.«

Paul verfolgte die Rede nur noch mit halbem Interesse, denn inzwischen hatte er die nächste Bekannte erspäht: Jasmin Stahl lehnte an einem Stehtisch vor dem *Weinhandel Auch*, vor sich ein großes, bauchiges, aber schon sehr leeres Glas.

Katinka folgte Pauls Blick. »Möchtest du ihr Hallo sagen?«

»Wir können ihr auch zusammen Hallo sagen«, schlug er vor.

»Muss nicht sein«, sagte Katinka.

Ob sie jemals aufhören würde, eifersüchtig auf Jasmin zu sein?, fragte sich Paul. Er drückte ihr einen Kuss auf die Wange und sagte: »Bin gleich zurück.«

Für die zehn Meter bis zu Jasmin brauchte er aufgrund des Gedränges fast eine Minute.

»Hi!«, sagte er und stellte sich zu ihr.

Jasmins Reaktion folgte verzögert und fiel etwas träge aus. »Paul«, sagte sie mit einem Gesicht, von dem nicht abzulesen war, ob sie sich darüber freute, ihn zu sehen, oder nicht. Wahrscheinlich war es ihr egal.

»War der Wein gut?«, erkundigte sich Paul.

»So lala. Der davor hat mir wesentlich besser geschmeckt. Am besten war aber der erste.«

Paul verstand, warum sie sich mit dem Reden etwas schwertat. »Ganz allein heute? Wo steckt denn dein Lover, der um zwanzig Jahre ältere, aber gut begüterte Stararchitekt?«

»Nenn ihn nicht Lover«, gab Jasmin patzig zurück.

»Ach nein? Seid ihr über diese Phase wohl schon hinaus?«

»Er ist bei einem Kongress.«

»Schön«, sagte Paul, der Jasmins Freund nicht ausstehen konnte. »Hast du dich denn schon für deine Lieblings-Baggers entschieden?«

»Ich esse die eh nur mit Apfelmus«, sagte Jasmin und drehte sich nach dem Wirt um. »Hey, bekommt man hier noch was zu trinken?«

Sie war heute nicht gut drauf, so viel stand fest. Paul überlegte, ob er sich als guter Freund danach erkundigen sollte, wo der Schuh drückte. Doch entschied er sich dazu, ihre Schwäche auszunutzen, auch wenn das nicht fair war, fing den Kellner ab, nahm ein Glas Rotwein von dessen Tablett und setzte es Jasmin vor. »Wie schaut's denn aus mit den Ermittlungen?«

»Ich habe Feierabend, lass mich bloß in Ruhe damit.«

»Hey, ich habe dir gerade einen Wein spendiert, eine kleine Gegenleistung muss drin sein.«

»Deine Hinweise auf diesen Waffenhändler Hirschberger helfen jedenfalls nicht weiter. Wir haben ihn noch mal überprüft, aber er hat einwandfreie Alibis für alle drei Taten.«

»Alle drei?«, fragte Paul recht desillusioniert.

»Jep. Selbst für den Zeitraum, in dem Marvin Abelein zu Tode gekommen ist. Da stand er nämlich in seinem Laden und verkaufte – nachweislich – ein japanisches Samurai-Schwert an einen Sammler.«

»Mist.«

»Tja, Paul, Polizeiarbeit ist nun mal nicht so easy, wie du das gern hättest. Abgesehen davon ist bei Hirschberger weit und breit kein Motiv zu erkennen. Du kannst ihn also von deiner Liste streichen.«

»Und sonst? Kommt eure Spurensicherung mal vom Fleck?«

»Die sind rund um die Uhr mit Schmidts Spurenbomben beschäftigt, mit denen er nachhaltig für Konfusion gesorgt hat. Beim neuen Tatort am Kornmarkt sieht es aber besser aus, vielleicht haben wir diesmal Glück und kriegen diesen Schweinehund endlich dran«, sagte Jasmin mit finsterer Entschlossenheit.

Paul beobachtete, wie sie das neue Glas in einem Zug zur Hälfte leerte. »Ist eigentlich alles okay bei dir und deinem ...«

Sie presste ihm ihren Zeigefinger auf den Mund. »Bezeichne ihn bloß nicht noch mal als meinen Lover.«

Nachdem sie die Hand zurückgezogen hatte, sagte Paul: »Tue ich nicht. Sorry, wenn ich dich damit verletzt habe.«

»Passt schon.« Sie schob das Glas beiseite. »Läuft schon länger nicht mehr rund. Wäre ja auch zu schön gewesen, wenn ich mal Glück hätte mit der Liebe.«

»Hat er eine andere?«, fragte Paul.

Jasmin zog die Schultern nach oben. »Nein. Das ist es nicht. Er ist nett und zuvorkommend, spendabel und großzügig wie am ersten Tag, als wir uns begegneten.« Sie seufzte. »Mir geht es eigentlich wirklich gut bei ihm. Es ist halt einfach so eine Sache mit dem Mann fürs Leben. Ich glaube immer mehr, dass es den nur einmal gibt. Und wenn man ihn nicht kriegt, dann ...«

»Du sprichst jetzt von Karl-Otto, deinem Sandkastenfreund«, scherzte Paul, der Jasmin aufmuntern wollte.

Doch sie war nicht zu Späßen aufgelegt. »Nein, ich spreche nicht von Karl-Otto, wer auch immer das sein soll.«

Paul sah sich schon zu einer ernsthafteren Antwort gezwungen, da löste sich eine schmale Gestalt im sandfarbenen Trenchcoat aus der Menge: Victor Blohfeld.

# 24

Paul erkannte seine Chance, drückte Jasmins Hand und sagte: »Bestell dir jetzt lieber ein paar Baggers und lass es mit dem Wein gut sein. Dein Architektenfreund hat es nicht verdient, dass du dich seinetwegen betrinkst.«

Dann warf er ihr einen Kuss zu und hängte sich an den Reporter. »Sie sind meine Rettung.«

»Verstehe«, meinte Blohfeld und tauchte mit Paul im Gewühl unter.

»Sind Sie im Dienst?«, erkundigte sich Paul und begleitete ihn quer über den Markt in Richtung einer mobilen Cocktailbar.

»Immer«, gab Blohfeld zur Antwort. »Denn die besten Geschichten ereignen sich außerhalb der normalen Arbeitszeiten, auch wenn das die aktuelle Generation sogenannter Journalisten nicht begreifen will, denn die entstammen der Spaßgesellschaft.«

Paul vertrat eine andere Meinung: »Wer online unterwegs ist, kennt genauso wenig einen Feierabend. In der modernen Nachrichtenwelt gibt es keinen Redaktionsschluss.«

Darauf grummelte Blohfeld etwas Unverständliches vor sich hin, bevor er rasch ein anderes Thema ansprach: »Was meinen Sie, kommt bald der Durchbruch in der Mordserie?«

Paul blieb stehen und betrachtete den etwas verschlagenen Ausdruck im Gesicht des Reporters. »Wenn ich Jasmin Stahl gerade richtig zugehört habe, kann davon keine Rede sein. Warum fragen Sie? So wie Sie gucken, wissen Sie schon wieder mehr als die Polizei. Hat es etwas mit Ihrer Spur zur Uni zu tun?«

Blohfeld deutete ein Nicken an. »Wie es aussieht, hatte ich den richtigen Riecher. Meine Fahrten nach Erlangen haben sich gelohnt. Ich denke, dass ich für die nächste Ausgabe einen Knüller am Start habe.«

»Was haben Sie herausgefunden? Kannten sich die beiden Opfer am Ende etwa doch?«

Blohfeld, der es gern spannend machte, antwortete nicht direkt: »Ob sie sich kannten, weiß ich nicht, darüber habe ich keine verlässlichen Informationen bekommen. Aber es spielt auch keine besondere Rolle, denn das, worauf ich gestoßen bin, ist deutlich wichtiger – und brandheiß! Es könnte der Schlüssel sein für ...« Mitten im Satz hörte er auf zu sprechen. Seine Augen richteten sich auf etwas oder jemanden hinter Paul.

Paul drehte sich um und sah sich seiner Frau gegenüber. »Kati, du?«

»Ja, ich«, sagte sie schmallippig. »Kann es sein, dass du mich nach deinem Abstecher zu deiner Verflossenen vergessen hast?«

Paul grinste schief, bevor er dicht vor sie trat und leise sagte: »Liefere Victor Blohfeld jetzt bloß keinen Vorwand, um sich näher mit uns zu befassen. Du weißt, dass er aus allem eine Story zusammenschustert, ohne Rücksicht auf Verluste. Der macht auch vor unserem Privatleben keinen Halt.«

»Das traust du deinem Freund zu?«

»Er ist nicht mein Freund. Und ja, das traue ich ihm durchaus zu.«

»Wenn das so ist: Lass ihn stehen, damit wir uns einen schönen Abend machen können. Mein Magen sagt mir, dass es an der Zeit ist, uns auf die nächste Baggers-Kreation zu stürzen.«

»Liebend gern! Wie wäre es jetzt mit dem Sternekoch auf der anderen Seite?«, rief Paul, der vorher aber unbedingt seine Unterhaltung mit Blohfeld zu Ende führen wollte. »Nur einen Augenblick noch. Du kannst ja schon mal vorgehen.«

Katinka schien den Braten zu riechen und ließ sich nicht auf Pauls Vorschlag ein. »Haben die Herren wohl etwas Dringendes zu bereden?«, fragte sie mit gehobener Stimme und fasste Blohfeld streng ins Auge. »Ich hoffe, Sie arbeiten nicht wieder an den Ermittlungsbehörden vorbei.«

Blohfeld ignorierte diese Bemerkung, legte die Hand auf Pauls Schulter und sagte zu ihm: »Nichts für ungut. Die Gattin ruft, Sie müssen weiter.«

»Ja, aber ich ...«

»Unser Gespräch können wir ja ein andermal fortsetzen. Oder aber Sie kaufen sich Montag die Zeitung. Da steht alles drin, was Sie wissen möchten.« Er wandte sich ab.

»Was meint er damit?«, fragte Katinka, kaum dass sie wieder unter sich waren. »Was will er in seinem Schmierenblatt veröffentlichen? Es geht um die Frauenmorde, stimmt's?«

»Wärst du eine Minute später aufgekreuzt, hätte ich es vielleicht herausgefunden«, sagte Paul.

»Ach, jetzt soll ich wohl schuld sein?«

Paul nahm eine der Karten entgegen, die an der Außentheke des Nobelrestaurants ausgegeben wurden. »Hier bieten sie den Kartoffelpuffer mit Kerbelschaumcreme und Trüffelspänen an. Ich glaube, den nehme ich.«

»Du weichst mir aus.«

»Tue ich nicht. Warten wir es einfach ab und holen uns am Montag die Zeitung. Wahrscheinlich ist es ohnehin bloß wieder heiße Luft, wie meistens bei Blohfeld.«

Damit schien Katinka vorerst beruhigt zu sein, und nun richtete auch sie ihre Aufmerksamkeit auf die Speisekarte.

Für Paul jedoch war das Thema nicht erledigt. Keinesfalls wollte er das ganze Wochenende lang auf heißen Kohlen sitzen. Daher musste er den Reporter heute Abend noch einmal abpassen – und zuvor Katinka ablenken.

»Du nimmst also den mit Trüffel?«, fragte Katinka, während sie die Angebote durchging. »Mmmh, ich weiß nicht recht, die sehen alle gut aus. Ich finde Lachsmousse mit Dillhäubchen klingt auch recht ansprechend.«

»Wunderbar«, sagte Paul überschwänglich. »Eine tolle Wahl. Aber wie heißt es so schön? Fisch muss schwimmen! Also werde ich Weißwein besorgen, solange du hier anstehst.« Er gab Katinka nicht die Gelegenheit für Einwände, sondern mischte sich schon wieder unter die Leute – in der Hoffnung, Blohfeld noch zu erwischen.

Stattdessen traf er auf Hannah, die inzwischen ohne männliche Begleitung unterwegs war. »Hey, auch hier?«, fragte Paul und tat so, als hätte er sie bisher nicht gesehen.

»Ja, aber nicht mehr lange. Ist ja mehr eine Ü-Fünfzig-Party hier.«

»Bist du allein da?«

»Mittlerweile ja«, antwortete Hannah wenig glücklich, ohne weitere Erklärungen über ihr offensichtlich missratenes Date abzugeben. »Und du?«

»Mit Katinka. Sie steht drüben in der Schlange. Ich besorge uns inzwischen etwas zu trinken.«

»Dann lass dich mal nicht aufhalten.«

»Okay, wir sehen uns sicher noch. Apropos sehen: Ist dir zufällig Victor Blohfeld über den Weg gelaufen?«

»Ja, gerade eben an der Weißgerbergasse. Er hat wohl auch genug von Kartoffelpuffern. Wenn du dich beeilst, erwischst du ihn vielleicht noch.« Mit aufblitzender Neugierde fragte sie: »Warum suchst du ihn überhaupt?«

»Erzähl ich dir ein andermal«, rief Paul ihr zu, um sich zu Nürnbergs Vorzeigemeile in Sachen Fachwerk durchzuschlagen. Tatsächlich entdeckte er dort den Reporter, der in gewohnter Weise mit hängenden Schultern und schlurfenden Schrittes die Hälfte des Straßenzuges zurückgelegt hatte. Paul eilte ihm nach und fing ihn ab.

»Haben Sie sich loseisen können?«, zog Blohfeld ihn auf. »Wenn das mal keinen Ärger gibt …«

»Das nehme ich gern in Kauf, wenn Sie mir verraten, worauf Sie gestoßen sind.«

Der Reporter sah ihn abschätzig an. »Wenn ich spoilere, haben wir am Montag mindestens einen Käufer weniger.«

Genervt zog Paul seinen Geldbeutel aus der Tasche und drückte ihm zwei Euro in die Hand. »Bitte sehr. Das sind sogar dreißig Cent mehr als der Einzelverkaufspreis. Dafür möchte ich die Info vorab.«

»Witzig, Flemming.« Blohfeld betrachtete das Geldstück und ließ es in seinem Trenchcoat verschwinden. »Da Sie ja sonst keine Ruhe geben, will ich es Ihnen verraten: Die beiden ermordeten Frauen waren vor zwei Jahren Teil eines disziplinarischen Untersuchungsverfahrens an der Universität. Sie traten als Zeuginnen auf. Ob sie sich im Zuge des Verfahrens kennengelernt haben, ist mir nicht bekannt. Aber allein die Tatsache, dass sie mit ein und demselben Untersuchungsausschuss zu tun hatten, ist brisant genug. Finden Sie nicht auch?«

»Worum ging es bei diesem Disziplinarverfahren? Haben Sie das auch herausfinden können?«

»Selbstverständlich! Es drehte sich um einen übergriffigen Professor, dem im Zuge des Verfahrens mehrere Fehltritte nachgewiesen werden konnten, woraufhin er gefeuert wurde. Joana Vogelsang zählte zu den Studentinnen, die von dem Prof belästigt wurden, und Frau Wohlleben steuerte eine Zeugenaussage bei, denn sie hatte dem Treiben des Dozenten wohl schon länger zugesehen.« Blohfeld sah Paul siegessicher an. »Wenn das nicht ein starkes Motiv ist: Rache für den Verlust von Status, Renommee und erstklassiger Besoldungsgruppe. Jetzt muss ich nur noch herausfinden, was aus Ex-Professor Lößlein geworden ist und wo er sich jetzt aufhält, dann können wir den Sack zumachen.«

Paul war so sehr damit beschäftigt, all die Neuigkeiten in sich aufzunehmen, dass er erst mit einigen Sekunden Verzögerung wahrnahm, welchen Namen Blohfeld soeben genannt hatte.

»Wie, sagten Sie gerade, heißt der Professor?«

»Ex-Professor«, betonte Blohfeld.

»Meinetwegen. Wie lautet der Name?«

»Lößlein. Ebenso gut könnte er Meier oder Müller heißen. Macht das einen Unterschied für Sie?«

Paul antwortete nicht darauf, nahm diese Frage kaum mehr wahr. Unwillkürlich hatte er das Bild von Fremdenführer Larry vor Augen, dessen gewitzten Charme und die erfrischend gute Laune. Lars »Larry« Lößlein – war es möglich, dass es sich bei ihm um die geschasste Lehrkraft handelte? Dass er es gewesen war, der ... Nein, ganz sicher nicht! Lößlein war in Nürnberg und Umgebung ja beileibe kein seltener Name. Da kamen etliche infrage. Eine zufällige Übereinstimmung also, mehr nicht.

»Was geht Ihnen durch den Kopf?«, fragte Blohfeld, dem Pauls Reaktion nicht verborgen blieb.

»Nichts Besonderes«, behauptete Paul. »Welche Fachrichtung hat dieser Lößlein denn unterrichtet?«

»Er hat sich als Historiker seine Brötchen verdient, spezialisiert aufs finstere Mittelalter.«

»Im Ernst?«, fragte Paul und spürte, wie ihm warm wurde.

»Ja, er soll recht beschlagen gewesen sein, was die regionale Historie anbelangt. Mittelalterliche Rechtsgeschichte galt als sein Steckenpferd, darin war er eine echte Koryphäe, doch mittlerweile muss er wohl Taxis durch die Gegend kutschieren.«

Oder auch nicht, dachte Paul, dessen Anflug eines Verdachts sich gerade erhärtete. Konnte das wirklich sein? Er musste sich irren.

»Flemming? Sie sehen aus, als hätten Sie gerade einen Geist gesehen. Alles okay mit Ihnen?«

Paul riss sich zusammen. »Alles gut. Ich kann meine Frau nur nicht länger warten lassen. Sie wissen ja ...«

»Ach so.« Blohfeld lachte. »Dann nehmen Sie Ihre Beine unter die Arme und rennen Sie!«

Das tat Paul, wenn auch mit einer ganz anderen Motivation, als der Reporter vermutete.

# 25

Die Sonne war längst untergegangen. Inzwischen sorgten Lampiongirlanden für eine stimmungsvolle Beleuchtung des Platzes. Die Zahl der Besucher war eher größer als kleiner geworden, sodass sich Paul schwertat, im Gemenge das charakteristische Gesicht von Larry wiederzufinden, von dem er hoffte, dass er noch anwesend sein würde. Denn Paul war beseelt von dem Gedanken, ihm in die Augen zu blicken und herauszufinden, ob er etwas mit den Morden zu tun hatte oder nicht.

Je länger er suchte, desto mehr trübte sich das positive Bild ein, das Paul eigentlich von ihm hatte. Mit Larry als Schlüsselfigur fügten sich mit einem Mal viele der Puzzleteilchen zusammen, die Paul gesammelt hatte. Abgesehen vom möglichen Motiv hatte Larry die Gelegenheit, die Taten zu begehen, denn er kannte sich mit der betreffenden Waffengattung und -technik aus, kam an ein entsprechendes Schwert leichter heran als jeder Normalbürger und musste sich nicht um Alibis scheren, denn die Polizei hatte ihn nicht im Visier. Larrys Obsession für Henker Schmidt und seine Praktiken sprach ebenfalls für sich. Außerdem hatte er Paul gegenüber sinngemäß gesagt, dass man ja nicht wissen könne, ob die ermordeten Frauen aus Sicht von Schmidt den Tod verdient hätten. Sollte das etwa ein indirektes Schuldeingeständnis gewesen sein? Doch wenn Larry es wirklich getan hatte, wie passte Marvin in dieses böse Spiel? Warum hatte auch er sterben müssen?

Paul irrte weiter durch die Menge, blickte in fröhliche, weinselige Gesichter, hörte Klänge volkstümlicher Musik und roch die gehaltvollen Duftwolken aus den Baggersküchen. Ihm selbst war nicht mehr nach Feiern zumute, es gab jetzt Wichtigeres zu tun.

Und dann sah er ihn: Larry, mit gekreuzten Beinen lässig an einem Bistrotisch stehend, das Hemd halb geöffnet, die Brille ins Haar geschoben und in der Hand natürlich eine Halbe Bier. Wieder dachte Paul, dass er sich getäuscht haben musste. Larry durfte ganz einfach nicht der Täter sein.

Paul näherte sich, ohne ihn aus den Augen zu lassen. Larry spürte offenbar, dass er beobachtet wurde, und sah Paul mit einem Mal an. Als sich ihre Blicke trafen, lächelte er zunächst und hob eine Hand zum Gruß – aber nur sehr kurz. Gleich darauf trat ein neuer Ausdruck in sein Gesicht, und die unbeschwerte Gelassenheit wich sorgenvoller Ernsthaftigkeit. Für einen Moment fürchtete Paul, dass Larry sein Glas abstellen, ihm den Rücken kehren und in der Menge untertauchen würde.

Aber das tat er nicht. Geduldig wartete er, bis es Paul zu ihm geschafft hatte, und fragte: »Ist alles in Ordnung mit dir, Paul? Du siehst aus, als hättest du die falschen Baggers erwischt.«

»Nein, alles okay. Mir geht nur gerade ziemlich viel im Kopf herum.«

»Immer noch Meister Franz und Konsorten?«, tippte Larry, wobei sich seine Gesichtszüge etwas entspannten. »Heute ist nicht der richtige Tag zum Grübeln, findest du nicht auch? Schau dich um: Die Leute sind auf der Straße, feiern vor einer grandiosen Kulisse aus jahrhundertealten Bauten, essen, trinken und vergessen für ein paar Stunden die Probleme, die sie möglicherweise haben. Das ist mein Nürnberg, wie ich es liebe.«

»Dein Nürnberg?« Paul sah ihn betrübt an. »Ursprünglich kommst du doch aus einer anderen Stadt, oder?«

Larry nippte an seinem Bier. »Geboren bin ich in Schnaittach. Aber das ist fast sechzig Jahre her«, sagte er lachend. »Mittlerweile fühle ich mich im Herzen dieser Stadt zu Hause. Und hier betreiben meine Eltern ja auch ihre Metzgerei.«

»Ich meine nicht, wo du zur Welt gekommen bist, sondern wo du gearbeitet hast – bevor du dich als Tourguide verdingt hast«, sagte Paul mit ernstem Ausdruck.

Larrys Lachen verstummte. »Wie meinst du das?«

»Ist das so schwer zu verstehen, Herr Professor Lößlein?«

Erneut trat ein schmales Lächeln in Larrys Gesicht. Dazu schüttelte er leicht den Kopf, als hätte er keine Ahnung, was Paul mit dieser Anspielung bezweckte. »Weißt du was?«, sagte er dann. »Ich denke, dass du ein Bier vertragen kannst. Mein Glas ist auch leer, ich hole uns was. Mit trockener Kehle plaudert es sich nämlich so schwer.« Mit diesen Worten schnappte er sich sein Glas und steuerte einen Getränkestand an, der zwischen den Straßenbäumen vor dem *Café Sebald* aufgestellt worden war.

Larry legte keine Eile an den Tag, was Paul erneut zweifeln ließ, ob er mit seiner Vermutung nicht doch danebenlag und einen Unbescholtenen verdächtigte, den er eigentlich gern zum Freund gehabt hätte.

Zwar schoben sich immer wieder andere Besucher zwischen sie, doch Paul konnte Larry die ganze Zeit über sehen. Er verfolgte, wie Larry sein Glas abgab und zwei Finger in die Höhe hielt. Daraufhin machte sich der Mann an der Theke am Zapfhahn zu schaffen. Zwei Bier mit ausgeprägter Schaumkrone wurden vor Larry abgestellt, dieser holte sein Portemonnaie aus der Tasche. Wie es aussah, hatte er nicht mehr genug Kleingeld und hielt dem Barmann stattdessen seine EC-Karte hin. Der lehnte ab und zeigte auf eine Kollegin hinter sich, der wohl ein Kartenlesegerät zur Verfügung stand.

Ein erstes leises Misstrauen keimte in Paul auf, als er beobachtete, wie Larry den Verkaufsstand umrundete. Zwischen ihnen ragte jetzt die Zapfanlage auf, sodass Paul ihn nicht mehr sehen konnte, während er zahlte.

Noch blieb Paul ruhig, da es beim Einlesen einer Karte bloß um einen Vorgang von wenigen Sekunden ging. Er trommelte mit den Fingern auf den Bistrotisch, während er abwartete, bis Larry wieder auftauchte. Eine halbe Minute verstrich. Dann war eine ganze Minute vorbei, ohne dass Larrys Charakterkopf hinter den Zapfhähnen erschien.

Da stimmte etwas nicht! Paul gab seinen Platz am Tisch auf, der sofort von anderen Gästen in Beschlag genommen wurde. Er setzte seine Ellenbogen ein, um schneller zum Bierstand zu gelangen, wo Larrys Bestellung unangetastet auf der Theke stand. Kurz darauf hatte er den Stand erreicht, ging daran vorbei und konnte nun auch die Rückseite einsehen.

Wie befürchtet fehlte von Larry jede Spur. Paul war jetzt hellwach und überlegte, was zu tun war. Weit konnte Larry nicht gekommen sein, dafür war das Gedränge hier ganz einfach viel zu groß. Geistesgegenwärtig sprang Paul auf einen Stahlrohrbügel, der zum Schutz eines der Straßenbäume aus dem Boden ragte. Aus der erhöhten Perspektive konnte er über die anderen Besucher hinwegsehen und den Platz überblicken. Er brauchte nicht lang, bis er Larry entdeckt hatte. Vielleicht zehn Meter vor ihm, noch in Hörweite!

»Larry!«, rief Paul ihm hinterher – so laut, dass dieser es trotz der Musik, dem Lachen und Reden der Feiernden hätte mitbekommen müssen. Aber Larry reagierte nicht, sondern ging stur weiter.

War das schon ein Beweis für seine Schuld? Paul klammerte sich noch immer an die Möglichkeit, dass alles bloß ein Irrtum war. Ratlos blieb er auf dem Schutzbügel stehen, um zu überlegen, welche Optionen er hatte.

Jasmin informieren? Nach dem vielen Wein, den sie intus hatte, würde sie wahrscheinlich gar nicht verstehen, was Paul von ihr wollte. Dann also Katinka? Doch was konnte sie unternehmen? Außerdem wartete sie bestimmt noch immer vor dem Nobelrestaurant auf der anderen Seite des Marktes. Es würde viel zu lange dauern, bis Paul bei ihr wäre und alles erklärt hätte. Also musste er selbst ran, wenn er Gewissheit erlangen wollte.

Er hielt sich am Baum fest und stellte sich auf die Zehenspitzen, um sein Sichtfeld zu erweitern. Larry hatte inzwischen den Ausgang des Marktes erreicht. Paul musste sich also sputen, wenn er ihn noch abpassen wollte.

Er stieg hinunter und schob sich durchs Gewirr. Gerade suchte er sich eine Schneise, durch die er Larry hintereilen wollte, als er jemanden seinen Namen rufen hörte. Es war die Stimme von Hannah. Im Laufen schaute Paul sich nach ihr um und sah, wie sie versuchte, zu ihm aufzuschließen.

# 26

»Was ist los?«, wollte Hannah wissen, kaum dass sie Paul eingeholt hatte. Sie liefen am spärlich beleuchteten Pegnitzufer entlang. Larry, der immer noch einen Vorsprung von dreißig oder vierzig Metern hatte, zeichnete sich als dunkle Silhouette vor dem schwachen Umgebungslicht ab. »Du rennst diesem Typen nach, ja?«, fragte sie kurzatmig. »Was hat er getan?«

»Wenn ich recht behalte, was ich nicht hoffe, einfach alles: die Frauenmorde, den Mord an Marvin – er ist wahrscheinlich der Täter.«

»Wer ist ›er‹?«

»Larry Lößlein, der nette Fremdenführer, von dem ich dir erzählt habe.«

Paul lieferte ihr eine Kurzfassung von dem, was er soeben erfahren hatte. Noch während er sprach, sah er aus den Augenwinkeln, wie sie ihr Smartphone aus dem Handtäschchen zog und darauf herumtippte. Wie die jungen Leute das schafften, ohne ständig gegen den nächsten Laternenmast zu knallen, blieb ihm ein Rätsel. »Was tust du da?«

»Ich google ihn.«

»Larry?«

»Na, sicher. Wenn er früher Professor war, dann müsste eigentlich überall im Netz etwas über ihn stehen, nachdem der Mann seinen Namen offenbar nicht geändert hat. Ich meine, der hat als Prof ja Arbeiten verfasst, Kongresse besucht, Vorträge gehalten und so weiter.«

»Okay, dann schau mal, was du finden kannst.« Noch einmal keimte die Hoffnung in Paul auf, dass es sich um einen Irrtum handelte, Larry unschuldig war und es andere Gründe für sein Weglaufen gab.

Vor dem Flüchtenden erhob sich die Kulisse des Henkerstegs. Wie ein bedrohliches Mahnmal aus der Vergangenheit spannte er sich über das schwarz glänzende Wasser des Flusses. Paul ahnte nun, wo Larry Zuflucht suchte: im Henkerhaus, einem Ort, in dem er sich auskannte und wo er sich verstecken konnte, um in einem geeigneten Moment durch eine Hintertür zu entkommen.

Ohne langsamer zu werden, rief Paul Hannah zu: »Es ist besser, wenn du zurückbleibst. Ich weiß nicht, was Larry vorhat. Aber du sollst nicht in Gefahr geraten.«

»Du aber schon, oder was?«, entgegnete Hannah und blieb dicht an seiner Seite. »Ich lasse dich dieses Ding ganz bestimmt nicht allein durchziehen.«

Typisch Hannah, dachte sich Paul, draufgängerisch wie eh und je. Trotzdem wollte er sie keinem Risiko aussetzen, und auch sich selbst nicht. Bis zum Henkerhaus würde er Larry auf der Spur bleiben, dann aber die Polizei benachrichtigen.

Sie überquerten die Pegnitz auf der Maxbrücke, um gleich darauf über den Henkersteg das Henkerhaus zu erreichen. Die überdachte Holzkonstruktion war schon tagsüber wildromantisch mit Tendenz zum Gruseligen – doch nun, in der Dunkelheit und unter diesen besonderen Umständen, schauderte es Paul richtiggehend, als er über die knarzenden Holzdielen lief und die großen Spinnennetze zwischen dem Gebälk sah.

Das Henkerhaus selbst wirkte im fahlen Licht einer einsamen Laterne noch weniger einladend. Wie Paul sofort bemerkte, stand die Tür sperrangelweit offen. Seine Vermutung erwies sich also als richtig: Larry hatte in dem Gebäude Zuflucht gesucht.

»Hast du etwas im Internet entdeckt?«, erkundigte sich Paul, der mit Hannah in gebührendem Abstand zum Eingang stehen geblieben war.

Hannah nickte, ohne den Blick vom Handy zu lassen. »Ja, das mit der Professur stimmt, es gibt zahlreiche Einträge. Zwar ist auf die Schnelle nichts über seinen Abgang zu finden, aber wenn das nicht öffentlich verhandelt wurde, steht natürlich auch nichts im Netz.« Nun hielt sie ihm das Smartphone hin. »Hier ist ein Bild von Professor Lößlein. Das ist doch derselbe Typ, oder?«

Paul betrachtete das Foto, das Lößlein ordentlich frisiert mit Anzug und Krawatte zeigte. Damit verflogen die letzten Hoffnungen, dass Larry mit all dem nichts zu tun haben könnte.

»Was machen wir jetzt? Hineingehen und nach ihm suchen?«, fragte Hannah.

»Auf keinen Fall! Darauf wartet er ja nur. Larry kennt sich aus in diesem Gebäude, er kann uns da drin überall auflauern. Nein, Hannah, wir werden nicht in seine Falle tappen, sondern tun das einzig Vernünftige: die Polizei rufen.«

»Respekt! Ich habe dich selten so besonnen erlebt«, gestand Hannah ihm zu. Sie hob ihr Smartphone. »Ich übernehme das, weil du deins bestimmt wieder zu Hause liegen gelassen hast. Wie meistens ...«

»Das kannst du gleich wieder wegstecken!«

Die Stimme, die das sagte, kam von hinten. Paul fuhr herum und sah mit Entsetzen, wie sich ein Schatten aus einer Nische des Stegs löste: Larry. In den Händen hielt er den Knauf eines Schwerts, dessen lange Schneide das Licht der Laterne reflektierte.

»Oder, nein: Wirf es auf den Boden!« Larry war nun so weit vorgetreten, dass sie sein Gesicht erkennen konnten.

Es zeigte die gleiche eigentümliche Mischung aus Besorgnis, Enttäuschung und Entschlossenheit, die Paul auf dem Weinmarkt aus seinem Mienenspiel gelesen hatte.

Hannah sah Paul Rat suchend an, bevor sie das Handy auf eine der Holzplanken legte.

»Fein gemacht«, lobte Larry. »Und du, Paul, bist ohne Handy unterwegs? Kann ich verstehen, ich halte viele sogenannte Errungenschaften der modernen Welt ebenfalls für verzichtbar.«

Paul blickte ihn entsetzt an. »Dieses Schwert ...«, sagte er mit trockener Kehle. »Ist das etwa die Tatwaffe?«

Larry ließ die mächtige Schneide leicht nach oben und wieder nach unten schwenken, was wohl Antwort genug war. Nun nickte er in Richtung Henkerhaus. »Tretet ein und seid meine Gäste.«

Pauls Magen krampfte sich zusammen, als er Larrys zweifelhafter Einladung nachkam. In erster Linie sorgte er sich aber nicht um sich selbst, sondern um Hannah.

Larry ließ sie vorausgehen, hob Hannahs Handy auf und folgte ihnen. Zunächst passierten sie den Ausstellungsbereich mit den Bildern und Texttafeln, die im dünnen Schein der Notbeleuchtung kaum zu erkennen waren. Während Paul widerwillig einen Fuß vor den anderen setzte und sich ausmalte, was Larry mit ihnen vorhatte, kam ihm der Gedanke, sich zur Wehr zu setzen. Gleich darauf rief er sich in Erinnerung, wozu Larry mit einem Schwert in der Hand fähig war und wie gut er das Handwerk seines Vorbilds beherrschte. Ungeschützt würde Paul gegen ihn nichts ausrichten können, das sah er ein. Wenn er sich und Hannah verteidigen wollte, musste er das mit Worten tun.

»Es muss ein harter Schlag für dich gewesen sein, vom Amt suspendiert zu werden«, brach Paul das Schweigen.

»Den Professorentitel einzutauschen gegen den eines Stadtführers.«

»Es war mir klar, dass es irgendwann herauskommen würde«, sagte Larry. »Trotz meiner Ablenkungsversuche mit falschen Spuren. Aber der Zeitpunkt ist zu früh. Noch habe ich mein Werk nicht vollendet.« Er dirigierte sie in den hinteren, nicht öffentlichen Bereich des Museums – in den Turmbau, wo Lager und Archiv untergebracht waren, die Paul schon kannte.

»Nicht vollendet?«, fragte Paul. »Erklär mir das: Joana musste sterben, weil sie dich der sexuellen Nötigung bezichtigt hat, richtig? Und Frau Wohlleben, weil sie deine Übergriffe auf Studentinnen vor dem Disziplinarausschuss als Zeugin bestätigte. Was Marvin anbelangt ...«

»Vergiss diesen Jungen«, fiel Larry ihm ins Wort. »Ein Kollateralschaden. Er hatte mich dabei beobachtet, wie ich mich am Rande des Skaterparks an ihren Klamotten zu schaffen gemacht habe, um Haare und Textilfasern zu sammeln. Mit meinen Besuchergruppen bin ich oft am Germanischen Nationalmuseum vorbeigekommen, da waren mir die Stapel von Jacken und Sweatshirts aufgefallen, die dort herumliegen, also habe ich mich bedient.«

»Für deine Spurenbomben.«

»Ganz genau. Er war bloß ein lästiger Mitwisser. Doch es warten noch immer zwei Verurteilte auf die Vollstreckung: Lisa Hempel, eine weitere ehemalige Studentin, und Dr. Anneliese Weißhaupt, Dekanin unserer Fakultät. Sie fällte vor zwei Jahren das vernichtende Urteil über mein berufliches Schicksal – und nun habe ich mein Urteil über ihr Leben gefällt.«

»Zu dumm, dass wir das nicht aufzeichnen können. Der gesteht ja alles«, flüsterte Hannah Paul zu.

»Pssst«, machte er, um dann lauter zu sagen: »Das ist doch verrückt! Warum tust du das, Larry? Deine Taten stehen in keinem Verhältnis zu dem, was dir widerfahren ist.«

»Wie willst du das beurteilen? Forschung und Lehre sind mein Leben! Mein Ein und Alles! Seit meinem Studium brenne ich für mein Fachgebiet, ich habe über Jahrzehnte nichts anderes gekannt als den universitären Lehrbetrieb, nichts anderes hat mich interessiert.«

»Offenbar ja doch«, widersprach Hannah. »Studentinnen begrapschen zum Beispiel.«

»Halt!«, rief Larry.

Paul fuhr der Schreck durch alle Glieder. Was, wenn Larry unbeherrscht auf Hannahs Provokation reagierte?

Sie standen jetzt in einem der Räume, in deren Regalen sich Exponate stapelten, die in der Ausstellung keinen Platz gefunden hatten. Schon bei seinem letzten Besuch hatte Paul wahrgenommen, wie dickwandig und massiv die steinernen Wände waren. Von hier aus würde kein Laut nach außen dringen, sollten sie um Hilfe rufen.

»Es ist eine durch und durch ungerechte Entscheidung des Dekanats gewesen, mir meine Professur zu entziehen«, sagte Larry mit einer Stimme, die seine Verletzlichkeit erkennen ließ. »Den Aussagen der Studierenden hat man sehr viel Raum gegeben, wohingegen meine Verteidigung bewusst kurz gehalten wurde. Dr. Weißhaupt hat sich für meine Argumente nicht im Geringsten interessiert. Im Nachhinein muss ich feststellen, dass ich ein Bauernopfer gewesen bin. Dargebracht auf dem Altar der modernen Verhaltensetikette.«

»Du hättest vor dem Arbeitsgericht gegen die Entscheidung klagen können«, warf Paul ein. »Das wäre der normale Weg gewesen.«

»Mit Erfolgsaussichten, die gegen null tendieren. Nein, danke. Ich habe mich für mein eigenes Strafgericht entschieden, um die Gerechtigkeit wiederherzustellen. Vergeltung nach historischem Vorbild.«

»Der hat sie doch nicht alle«, zischte Hannah Paul zu.

»Still!«, ermahnte er sie erneut. An Larry gerichtet sagte er: »Diese Vergeltung, wie du sie nennst, führt zu nichts als Trauer und Elend. Außerdem hast du nur die Hälfte deiner Todesliste abgearbeitet. Die anderen beiden musst du ziehen lassen.«

»Nein, wieso? Auch sie sind noch an der Reihe«, sagte Larry unbeirrt.

»Du glaubst, dass wir das zulassen werden?«, fragte Paul.

»Ihr werdet nicht mehr die Gelegenheit dazu haben, euer Wissen mit den Ermittlern zu teilen.« Larry schwang das Schwert in den Händen. Langsam nur, aber mit bedrohlicher Wirkung.

Paul versuchte ruhig zu bleiben. »Selbst wenn du uns zum Schweigen bringst, hilft dir das nicht weiter. Die Presse weiß Bescheid. Die ganze Geschichte mit der Uni – spätestens Montag kannst du es in dicken Schlagzeilen nachlesen.«

»Ein Bluff.«

»Kein Bluff! Victor Blohfeld, ein Nürnberger Journalist, hat mich überhaupt erst auf dich gebracht. Und natürlich weiß auch die Polizei Bescheid – oder glaubst du ernsthaft, wir wären dir sonst gefolgt?« Paul erkannte die Anzeichen von Verunsicherung in Larrys Gesicht und setzte nach. »Wahrscheinlich stehen sie schon draußen und machen sich bereit. Du glaubst mir nicht? Schau aus dem Fenster!«

Tatsächlich wirkte Larry das erste Mal an diesem Abend unschlüssig. Noch immer hielt er sein Schwert drohend vor sich, doch zugleich sah er sich wiederholt kurz um und überlegte wohl, ob er an einen der schmalen Lichtschächte treten sollte, durch die er nach draußen spähen könnte.

Paul nutzte diese kurze Phase der Unaufmerksamkeit und fasste in seine Tasche, wie er es vorhin schon einmal gemacht hatte, als Larry ihn und Hannah durch die Ausstellungsräume gehetzt hatte. Auch dieses Mal gelang es Paul, sein Smartphone so weit hervorzuziehen, dass er eine Nachricht eingeben konnte: eine weitere Botschaft an Jasmin!

»Was tust du da?«

Plötzlich stand Larry dicht vor ihm. Seine Augen funkelten Paul hasserfüllt an.

»Du hast also doch ein Handy dabei! Her damit!«

# 27

Larry starrte auf das Display, wo Pauls neue, unvollständige WhatsApp-Nachricht zu lesen war – aber auch die vorangegangene von vor einigen Minuten. Darin stand, dass Larry Lößlein der Frauenmörder sei und er Paul und Hannah im Henkerhaus gefangen halte.

»Verflucht!«, schimpfte Larry. »Wer ist diese Jasmin, an die du das geschickt hast?«

»Polizeioberkommissarin«, sagte Paul so nüchtern wie möglich. Er wollte Larry zwar Respekt einflößen, ihn aber nicht zu einer Kurzschlussreaktion verleiten. »Ich habe dir ja gesagt, dass die Polizei informiert ist. Es hat daher keinen Zweck, uns länger festzuhalten. Gib auf, Larry, ehe alles nur viel schlimmer wird.«

Innerlich war Paul in höchster Sorge. Denn die Chancen, dass Jasmin seine Nachricht überhaupt gelesen hatte, standen fifty-fifty. Außerdem wusste er ja, in welchem Zustand sie sich befand. Besser wäre es wohl gewesen, wenn er die Botschaft an Katinka abgesetzt hätte …

Doch seine Worte zeigten Wirkung. Larry schien mit sich zu hadern, wie er weiter vorgehen sollte. Ob er tatsächlich ans Aufgeben dachte? Paul hoffte es inständig.

»Du hast mich also reingelegt«, sagte Larry mit eigentümlich rauer Stimme. Seine Augen waren nur noch Schlitze, als er Pauls Hoffnungen mit den Worten zunichtemachte: »Aufgeben kommt nicht infrage! Ich führe zu Ende, was ich begonnen habe. Und sollte es mich selbst das Leben kosten, dann ist es eben so.«

Voller Entsetzen musste Paul mitansehen, wie Larry das

Schwert erhob und gegen ihn richtete. Paul erkannte nun, dass Larry sich und seine Mordlust über jede moralische Norm stellte. Instinktiv hielt er seine Hände schützend vor sein Gesicht, auch wenn er wusste, dass das nicht helfen würde.

Larry holte aus. Seine Entschlossenheit war zurückgekehrt. Paul duckte sich, um dem Schlag zu entgehen. In dieser Sekunde nahm er eine Bewegung wahr. Hannah! Larry hatte sie nicht beachtet und nicht bemerkt, wie sie sich eine der alten Waffen aus dem Regal genommen hatte. Eine Art Holzschlegel. Besetzt mit rostzerfressenen, teils abgebrochenen Nägeln. Nicht annähernd so effektiv wie Larrys Schwert, aber besser als nichts!

Jetzt ging alles ganz schnell. Larry ließ das Schwert herunterfahren. Im selben Moment schlug ihm Hannah den Schlegel mit voller Wucht gegen die Taille. Die Nagelspitzen bohrten sich in seine Seite. Larry verlor die Kontrolle über sein Schwert und ließ es fallen. Mit der Spitze voran schoss es nach unten, verfehlte Paul nur um Millimeter und bohrte sich in die Bodendielen.

Für kurze Zeit herrschte Stille. Nur Larrys schmerzerfülltes Stöhnen war zu hören. Er fasste sich an seine Seite, seine Hand färbte sich rot.

Im nächsten Augenblick schnellte er wieder vor und packte den Knauf des Schwertes. Paul reagierte sofort und verpasste ihm einen harten Schlag gegen den Arm. Gleichzeitig holte Hannah erneut mit dem Schlegel aus. Diesmal traf sie Larry am Rücken. Die Nägel zerrissen sein Hemd und zogen tiefe Furchen durch die Haut.

Larry heulte auf, ließ von dem Schwert ab und versuchte die Regalwand zu erreichen. Ehe Paul oder Hannah ihn aufhalten konnte, schnappte er sich eine Streithacke. Die

Klinge sah stumpf und zerschlissen aus, aber allein durch ihr Gewicht konnte das massive Eisen großen Schaden anrichten. Die Hacke besaß nur einen kurzen Stiel, was Larrys Radius einschränkte. Aber was, wenn er mit dem Ding nach ihnen warf?

Hannah gelang es, Larry mit dem Schlegel auf Abstand zu halten. Paul suchte fieberhaft nach etwas, womit er sich zur Wehr setzen konnte. Gerade noch erwischte er die Schlaufe einer Armschiene, die er schützend vor sich hielt.

Da schlug Larry zu. Mit voller Wucht erwischte er Pauls Schild. Der spürte den schweren Aufschlag, blieb jedoch unverletzt.

Larry setzte zum nächsten Schlag an, als ihn wieder ein Hieb von Hannahs nagelbesetztem Schlegel traf, diesmal am Oberschenkel. Er jaulte vor Schmerzen, kämpfte aber ohne Unterlass weiter. Er schwang die Axt über seinem Kopf, um sie auf Paul niedersausen zu lassen. Doch der war diesmal schneller, stieß sich von der Wand ab und boxte Larry in die Flanke. Larry versuchte ihn mit dem Axtkeil zu erwischen, doch sein Schlag ging ins Leere.

Paul nutzte den Moment, den Larry brauchte, um wieder das Gleichgewicht zu erlangen. Er rammte ihn, so kräftig er nur konnte. Larry versuchte dagegen anzukommen, bot all seine Kraft auf und brachte die Axt in Position. Seine Augen brannten vor Mordlust, als er Pauls Kopf anvisierte. Doch sein verletztes Bein wollte nicht mitspielen. Larry geriet ins Straucheln und schwankte mit wedelnden Armen rückwärts.

Die Axt fiel krachend zu Boden, als er auf die hintere Wand zutaumelte und dort wie festgenagelt stehen blieb. Sein Mund öffnete sich ungläubig, die geweiteten Augen drohten aus den Höhlen zu springen. Aus Larrys Brust ragte die Spitze einer der Hellebarden, die an der Wand aufgepflanzt waren. Auf seinem Hemd breitete sich ein tiefroter Fleck aus.

Für den Moment schien die Zeit wie eingefroren. Es herrschte eine grausame Stille.

»Ist er ...« Hannah kam mit unsicheren Schritten näher. Noch immer hielt sie den Holzschlegel fest umklammert.

»Ja«, sagte Paul, der jetzt direkt vor Larry stand. »Die Lanze muss ihn direkt ins Herz getroffen haben.«

»Wie schrecklich«, sagte Hannah und wandte sich ab.

Paul legte seinen Arm um ihre Schulter. Gleichzeitig nahm er ein bläuliches Blinken wahr, das durch die Lichtschächte in den Archivraum drang. Dann hörte er auch Stimmen und Schritte, die rasch näher kamen.

Die WhatsApp-Nachricht für Jasmin war also doch angekommen, dachte er und merkte, wie sich die Anspannung löste. Besser spät als nie.

# Epilog

»Sprich ihn nicht darauf an«, riet Katinka Paul, als er neben sie rückte.

Sie saßen im ersten Stock des *Goldenen Ritters* an ihrem Stammplatz. Auch Hannah, Hannes Fink, Jasmin Stahl und Victor Blohfeld waren da. Es wurde schon fleißig geredet, gelacht und getrunken.

»Du meinst Jan-Patrick?«, fragte Paul. »Ich soll ihn nicht nach dem Ausgang des Wettbewerbs fragen? Aber das stand doch schon in der Zeitung. Jeder weiß, dass der Preis für die besten Baggers an …«

»Pssst!«, machte Katinka eindringlich, denn gerade näherte sich der Küchenmeister mit einem Tablett voller Teller.

Er blieb an ihrem Tisch stehen und verkündete mit bierernster Miene: »Es freut mich sehr, dass ihr meiner Einladung zum Resteessen gefolgt seid.«

»Na ja, wenn's was gratis gibt«, raunte Blohfeld und kassierte vorwurfsvolle Blicke von allen anderen.

Jan-Patrick tat so, als ob er das überhört hätte, und zählte lustlos auf: »Ihr könnt euch entscheiden zwischen Baggers mit überbackenem Camembert und Preiselbeeren, Baggers mit Steinpilzen an würziger Rahmsauce und Baggers mit Scheiben vom Lachs und Zwiebelringen. Greift zu, solange der Vorrat reicht. Danach ist Schluss mit Kartoffelpuffern.«

Das hörte sich nach einer endgültigen Entscheidung an, dachte Paul und fragte nun doch: »Bist du wohl nicht zufrieden mit einem zweiten Platz? Ich meine, es war doch klar, dass du den Platzhirsch mit seiner traditionellen Baggers-Küche nicht überbieten kannst.«

Wenn Blicke töten könnten, hätte Jan-Patrick ihn in diesem Moment vom Leben in den Tod befördert. Ohne ein weiteres Wort stellte der Wirt das Tablett auf dem Tisch ab und ging.

»Das hätte doch jetzt wirklich nicht sein müssen«, schalt ihn Katinka. »Der Arme hat sich so viel Mühe gegeben.«

»Das haben Hannah und ich beim Bänkeschleppen und Dekorieren ebenfalls. Und uns bedauert auch niemand.«

»Ach, hör doch auf«, sagte Katinka und stieß mit dem Arm gegen den Rucksack, den Paul dabeihatte. »Was schleppst du denn da überhaupt mit dir rum?«

»Ach, nichts«, antwortete Paul und stellte den Rucksack auf den Boden.

Sie machten sich über das Essen her, solange es noch warm war. Auch wenn Paul in den letzten Tagen mehr als genug Kartoffelpuffer verputzt hatte: Sie schmeckten ihm noch immer. Das war ganz ähnlich wie mit den Nürnberger Bratwürstchen, von denen man auch nie genug bekommen konnte.

»Gibt's eigentlich etwas Neues zum Fall Lößlein?«, fragte Paul in die Runde, nachdem er runtergeschluckt hatte.

»Nichts, was nicht bereits in Blohfelds Blatt gestanden hätte«, sagte Jasmin. »Der Fall ist geklärt, und dank eurer Zeugenaussagen bleiben diesmal kaum Fragen offen.«

»Ein paar Dinge interessieren mich schon noch«, hielt Blohfeld dagegen. »Wie sind Sie ihm eigentlich auf die Schliche gekommen, Flemming? Ich meine, abgesehen von dem entscheidenden Tipp, der von mir kam.«

Paul tupfte sich die Mundwinkel mit einer Serviette. »Mir war von Anfang an klar, dass wir es nicht mit einem Geisteskranken, einem Wahnsinnigen, zu tun haben, der seine Opfer willkürlich wählte. Die Morde geschahen mit

Vorsatz, waren geplant und wurden gezielt ausgeführt. Auch wurde ziemlich schnell deutlich, dass der Täter ein wirklicher Experte auf seinem Fachgebiet, dem Leben und Wirken von Meister Franz, war. Allein die Auswahl des Schwerts sprach dafür. Aus diesem Grund hielt ich eine Weile Waffenhändler Hirschberger für den Verdächtigen Nummer eins. Bei Larry Lößlein, der ja ebenfalls dieses Wissen mitbrachte, blendete ich diese Möglichkeit lange aus, zumal er kein Motiv zu haben schien. Den Ausschlag gab letztendlich Ihr Hinweis auf die Vorgänge an der Erlanger Uni, Blohfeld. Als dann der Name Lößlein fiel, löste sich alles wie von selbst auf.«

»Besonders fatal finde ich, dass Lößlein seine Opfer nicht nur zum Zweck des rauschhaften Machterlebnisses tötete, sondern ihre Leichen auch noch als eine Art Paketbotschaft missbrauchte«, sagte Katinka. »Die Botschaften, die er ihnen anheftete, betonten seine Skrupellosigkeit und Überheblichkeit.«

»Du nanntest gerade den Namen Hirschberger, Paul«, brachte sich Hannes Fink ein. »Er ist nicht der Einzige gewesen, der dir zwischenzeitlich verdächtig vorkam, stimmt's? Ich hatte den Eindruck, als hättest du auch gegenüber meinem Nachfolger gewisse Vorbehalte gehabt.«

»Das kann ich nicht leugnen. Auch er hat ja Interesse an Schmidt gezeigt. Und ich sah ihn in der Nähe der Skater am Kornmarkt«, begründete Paul und räumte ein: »Meine Skepsis ihm gegenüber hängt wohl auch mit der Tatsache zusammen, dass er künftig deinen Job machen soll. St. Sebald ohne Pfarrer Fink – das kann ich mir einfach nicht vorstellen.«

»Sie hören auf?«, fragte Jasmin, die von dieser Neuigkeit überrascht wurde.

»Ja, irgendwann kommt für jeden einmal der Zeitpunkt, um anderen den Vortritt zu überlassen. Aber keine Bange: Ich weiß unsere Gemeinde bei Wolf in guten Händen.« Fink lehnte sich entspannt zurück. »Außerdem bleibt im Ruhestand mehr Muße für andere schöne Dinge des Lebens.«

»Zum Beispiel?«

Er legte seinen Zeigefinger über Mund und Schnauzbart. »Das bleibt mein Geheimnis – vorerst.«

»Wenigstens ein kleiner Hinweis?«, bat Hannah.

»Ich sage nur Farbe, Pinsel, Leinwand …«

»Nicht dein Ernst!«, rief Paul. »Du willst in die Fußstapfen vom alten Dürer treten?«

»Dessen Fußstapfen sind mir eindeutig zu groß«, wiegelte Fink ab. »Aber die grobe Richtung stimmt.«

»Und ich dachte schon, es geht um eine Frau«, sagte Katinka versonnen. »Die späte Liebe.«

»Apropos Frau«, meldete sich Hannah wieder zu Wort. »Was ist aus der Freundin der Braut geworden? Die, die dich eine Weile beschattet hat, Paul?«

»Gestern habe ich sie gesprochen. Sie hat bei mir angerufen und sich nach Lößlein erkundigt. Ihr Wunsch, dem Mörder ihrer besten Freundin gegenüberzutreten, ist zwar nicht in Erfüllung gegangen. Doch nun, da der Fall geklärt ist und die Gründe offen liegen, scheint auch sie einen Schlussstrich ziehen zu können. Sie klang besänftigt nach unserem Gespräch.«

»Jedenfalls können wir alle froh sein, dass es bei drei Opfern geblieben ist«, kam Jasmin auf den Ausgang der Unterhaltung zurück.

»Stimmt, beinahe hätten wir auch dazugezählt«, merkte Hannah an, die selbst jetzt, zwei Tage nach den erschreckenden Ereignissen im Henkerhaus, noch reichlich blass um die Nase war.

»Es wäre schon nichts passiert«, entgegnete Paul. »Jasmin stand mit ihrer Artillerie ja Gewehr bei Fuß. – Nun ja, ›stand‹ ist vielleicht nicht das passende Wort. Eher ›schwankte‹.«

»Hahaha, sehr witzig«, sagte Jasmin. »Ich war nicht im Dienst, als mich deine Nachricht erreichte. Was ich in meiner Freizeit mache, geht keinen etwas an.«

Paul hob lächelnd die Hand. »Wer wird denn gleich in die Luft gehen? Alles ist gut. Wir haben auch diesen Fall überlebt, das ist die Hauptsache.«

Jan-Patrick ließ sich – obwohl anfangs noch beleidigt – nicht lumpen und setzte ihnen später ausgezeichnete Desserts vor. Anschließend ließ er eine Runde Obstbrände springen und konnte sogar schon wieder etwas lächeln.

»Wenn mit den Baggers Schluss sein soll, womit willst du deine Gäste als Nächstes beglücken?«, fragte Hannes Fink.

Daraufhin spitzte Jan-Patrick die Lippen und verriet, dass er tatsächlich schon eine neue Idee habe. Wieder ein typisch fränkisches Thema natürlich, eines, das mindestens so geschichtsträchtig sei wie die Henkersgeschichten um Schmidt: »Bier! Nürnberg ist seit Jahrhunderten eine bedeutende Braustadt. Die Historischen Felsengänge, die direkt unter dem *Goldenen Ritter* beginnen, dienten lange Zeit als kühle Lagerstätte für die feinen Spezialitäten aus Hopfen und Malz. Ein Superthema für meine Küche! Ich denke dabei an Biersuppe, Biergulasch, Krustenbraten mit Biersauce ...«

Während sich Hannah bald ausklinkte und auch Blohfeld ging, nachdem es nichts mehr zu schnorren gab, blieben die anderen noch lange sitzen, um zu plaudern.

Viel später, beim Aufstehen, kam Katinka abermals auf Pauls Rucksack zu sprechen, der ihr im Weg stand. »Sag schon: Was ist da drin, und wohin bringst du das Zeug?«

Paul setzte den Rucksack auf dem Schoß ab, zog den Reißverschluss auf und gab den Blick auf Dutzende von CDs preis. Mit Titeln von Phil Collins, Eric Clapton, Electric Light Orchestra, Sting, Marillion und, und, und.

Auf Katinkas ungläubigen Blick hin erklärte er: »Die habe ich aus dem Keller gerettet. Ich bringe sie in mein Atelier – denn dort steht noch ein guter alter CD-Player.«

# Rezept für Jan-Patricks Original Baggers aus dem Goldenen Ritter

Zutaten für 2 Stück:

2 Kartoffeln mehlig kochend, mittelgroß
2 Kartoffeln fest kochend, mittelgroß
1 Ei
2 Zwiebeln
300 g Joghurt (Vollfettstufe)
schwarzer Pfeffer aus der Mühle
2 Prisen Kümmel (gemahlen)
1 gestrichener TL Salz
Butterschmalz

Die Kartoffeln schälen und nicht zu fein reiben. Zwiebeln in kleine Würfel hacken. Beides in eine Rührschüssel füllen.

Joghurt, Ei und Gewürze zugeben und gut vermengen. Nicht mit Pfeffer sparen! Tipp: Sollte der Teig zu feucht sein, kann mit einer Handvoll Haferflocken nachgeholfen werden.

Butterschmalz in einer Pfanne erhitzen und die Baggers darin ausbacken, bis sie goldbraun sind.

Die heißen Baggers erst auf dem Teller nach Geschmack salzen. Inspirationen für den Belag gibt es im Buch ... Guten Appetit!

## Danke an ...

... alle, die mich bei der Entstehung dieses Buches unterstützt haben, vor allem meine Familie.

Für die Hilfe bei der Entwicklung der Story danke ich Dr. Uwe Meier, für eine exklusive Führung über die Baustelle am Sebalder Pfarrhof Dr. Martin Brons, und für die charmante Idee, den Fall auf dem Standesamt der Kaiserburg beginnen zu lassen, Angela Hertlein. Und ich danke Harry Heimbrecht, der mich schon auf so vielen Tatortführungen begleitet und mich zu diesem neuen Fall inspiriert hat. Großen Dank auch an Astrid Seichter.

Danken möchte ich außerdem meinem Verlag und für das Lektorat Stefan Imhof.

# Lust aufs Weiterlesen?

Jan Beinßen
Paul Flemming und die Bombe in der Weihnachtsgans
Frankenkrimi, 104 Seiten
ISBN 978-3-7472-0098-8

Franken liegt unter einer tiefen Schneedecke, es ist Vorweihnachtszeit – und Paul Flemming wird von seiner alten Schulfreundin Stella um einen heiklen Gefallen gebeten. Ihr Vater sitzt in der Felsenwaldklinik nahe Pottenstein in der geschlossenen Psychiatrie, nach Stellas Meinung zu unrecht: als genialer Ingenieur sei er einigen hohen Industriellen in die Quere gekommen und solle nun kaltgestellt werden. Stella will ihn noch vor Weihnachten dort herausholen, denn sonst würde ihr Vater innerlich zerbrechen. Paul und Stella arbeiten einen Befreiungsplan aus und holen für ihr explosives Vorhaben den Nürnberger Meisterkoch Jan-Patrick mit ins Boot ... – Nach »Lebkuchen mit Bittermandel« und »Und wenn das vierte Lichtlein brennt« der dritte Adventskrimi von Publikumsliebling Jan Beinßen.

»Der humorvolle Frankenroman von Jan Beinßen besticht mit viel Lokalkolorit und weihnachtlicher Atmosphäre.« *Fränkische Nachrichten*